Drei Drinks zu Weihnachten

von

Paul Riedel

Drei Drinks zu Weihnachten

Drei hochprozentige Weihnachtsgeschichten

von

Paul Riedel

www.paul-riedel.de
Printed in Germany

Erste Auflage 2021

Bibliografische Information der Deutschen Nationalbibliothek:
Die Deutsche Nationalbibliothek verzeichnet diese Publikation in der Deutschen Nationalbibliografie; detaillierte bibliografische Daten sind im Internet
über dnb.dnb.de abrufbar.

Umschlag: © Paul Riedel, München 2021
Lektorat: Beatrix Osterkamp

Herstellung und Verlag
BoD – Books on Demand, Norderstedt

ISBN: 978-3-7543-5569-5

MIX
Papier aus verantwortungsvollen Quellen
Paper from responsible sources
FSC® C105338

Vorwort

Als ich diese Kurzgeschichten schrieb, war meine Motivation ein Wettbewerb, der im Sand verlief. Ich hörte nichts mehr über deren Vorhaben und dann lagen die Geschichten einfach fertig da.

Jedoch beim weiteren Lesen und Erinnern, was mich in meinem Leben mit jeder dieser Erzählungen verbindet, kam ich zu der Überzeugung, dass meine Weihnachtserinnerungen als Sammlung publiziert werden sollten.

Mein Familienleben ist sehr ungewöhnlich, und würde ich nur meine Biografie schreiben, würde jeder denken, es handelt sich um einen ausgedachten Roman.

In der ersten Kurzgeschichte erlebt ein Mann eine ungewöhnliche Nacht vor Weihnachten. In der Zweiten bezaubert uns Tante Wilma mit ihren Vorurteilen. Übrigens eine solche Tante hat es tatsächlich gegeben, aber sie ist bereits von uns gegangen. Meine Erinnerung an sie bleibt jedoch immer liebevoll erhalten. Zum Abschluss drei Schwestern und eine gestörte Beziehung zur Mutter, was nicht selten vorkommt, vollenden meine Kollektion.

Alle Charaktere sind fiktiv und alle Situationen ausgedacht, sogar wenn manche Erfahrungen meines Lebens mich zu manchen Passagen inspiriert haben.

Ich selbst trinke heutzutage sehr wenig, aber in meiner Jugend, die mittlerweile etwas weit fern liegt, habe ich Whisky sehr genossen.

Genießen Sie meine drei Drinks zu Weihnachten.

Paul Riedel

Nur ein Drink

Ein Hoch auf die Träume

Der schwere Duft von altem Holz und etlichen Putzschichten über einem Pub-Tresen wurden vom Röcheln einer dekadenten Klimaanlage übertönt. Ich schaute auf meine Hände und sah trockene, rissige Haut, die bereits seit langer Zeit nach Pflege schrie.

„Was darf's sein?" fragte monoton und ohne jegliches Interesse ein junger Mann hinter dem Tresen, ohne sich direkt an mich zu richten. Doch waren keine anderen Gäste im Raum, so dass ich mich angesprochen fühlen musste.

„Ich brauche etwas Beruhigendes, womit man Weihnachten und die Fehler, die man im Leben gemacht hat, vergessen kann. Diese Feiertagshetze bringt jeden auf die Palme." Mir war nicht nach Trinken zumute, aber die Aufregung ließ meinen ganzen Körper zittern.

Der dunkelblonde Mann bewegte sich geschickt hinter der Bar, inspizierte die Flaschen in dem Regal aus Buchenholz und griff nach einem Single Malt. Er trug enge Jeans und eine Lederkutte über einem T-Shirt, auf dem eine undefinierbare Rockband abgebildet war. Im Hintergrund spielte ein Swing, was deutlich nicht zu dem Barmann passte.

„Schwerer Tag oder eine Scheidung?" Er lächelte mich freundlich an, derweil floss die Flüssigkeit in einen superben Tumbler. Es war mir klar, dass der Junge bei einer so leeren Bar in seinem Job professionell sein musste, und Unterhaltung gehörte dazu. Obwohl ich für Gespräche nicht sonderlich aufgelegt war, schien mir, dass eine Ablenkung nicht schaden würde.

„Das ist die bedrückende Stimmung an Weihnachten, oder?", lächelte ich zurück. „Und eine Autopanne." Ich zeigte mit dem Finger zum Parkplatz draußen.

„Brauchst du Hilfe? Ich kann gerne ..."

„Nicht nötig. Ich wollte nur einen Drink und fahre heute auch nicht mehr." Ich bin ein sogenannter Weihnachtsmuffel, und selten besuche ich an den Feiertagen Freunde und Verwandte. Ich bedauerte den armen Barmann und seine Versuche, mich zu unterhalten.

Ich muss ein Bad nehmen. Ich rieche wie ein Iltis vor der Paarung. Ich schwitze ungern, darum meide ich Fitness-Studios.

„Kluge Entscheidung. Ich trinke meinen Single Malt gerne in Zimmertemperatur. Achtzehngrad ist perfekt für den Genuss. Was hast du dir zu Weihnachten gewünscht?" Ich erstaunte über seine Frage.

„Ich wünsche mir nie etwas. Die Enttäuschung, dass das Begehrte sich niemals erfüllt, kann deprimierender sein." Die Worte kamen unzensiert aus meinem Mund, und ich wurde leicht rot.

„Mann, du bist aber gut in deinem Job. Ich rede nie so viel mit Fremden", dachte ich, begeistert von seiner Redekunst. „In solchen Momenten hilft immer, einen Drink zu genießen und dabei zu überlegen, wie das Leben hätte anders laufen sollen, nicht wahr?" Er setzte sich auf einen Hocker auf seiner Seite des Tresens. Ich sah sein abgewetztes Hosenknie und elegante Stiefel aus etwas, das wie Leder aussah, aber mit Sicherheit keins war. Sie waren von gehobener Qualität und ausgefallenem Design.

„Gewiss. Heute ist nicht viel los hier", bemerkte ich.

„Wenn du ohnehin etwas bedrückt bist, ist dies das passende Lokal für dich. Wirkt die Getränkempfehlung?" Er zeigte auf meinen Single Malt.

„Oh ja. Ich dachte, man trinkt ihn immer mit Eis. Danke. Wann schließt du?", suchte ich nach Gesprächsstoff. Ich fand angenehm, dass er auf einen formalen Umgang verzichtete. So sind nun mal die Jugendlichen.

„Du bist heute mein einziger Kunde. Bitte, sag niemandem, dass du Single Malt mit Eis trinkst. Einige schottische Männer könnten das persönlich nehmen. Alle anderen Stammgäste sind bei Familie und Freunden." Er lächelte, und der Glanz in seinen Augen hatte etwas Unwirkliches an sich, das ich nicht einordnen konnte. Ob das Licht im Raum mir eine optische Täuschung vorspielte, oder ob ich zu müde war, konnte ich nicht erfassen.

„Danke für die Ehre", sagte ich nach einem erneuten Schluck an meinem Drink.

„Du bist echt ein Bauer. Danke für die Ehre? Fällt dir nichts Besseres ein?", sagte ich mir vorwurfsvoll in Gedanken.

„Fehlen dir erfreuliche Erinnerungen an vergangene Weihnachten?" Er servierte sich dabei ebenfalls einen Drink. Ich sah, wie die goldene Farbe an verschiedenen Stellen von kleinen Bläschen gebrochen wurde. Die Funken sprühten rhythmisch zur Hintergrundmusik.

Das Thema warf meine Vorstellungen um. Zum ersten Mal seit Langem wurde ich damit konfrontiert und überlegte einige Sekunden, wie diese Frage ehrlich zu erwidern sei.

„Weihnachten war für mich in meiner Kindheit mal eine Illusion. In der Pubertät beabsichtigte ich, viele Wünsche zu erfüllen. Heute sind Träume leider unaussprechbar. Mir fehlt die Fantasie. Ich kann dir deine Frage nicht beantworten. Es ist so, als wäre ich in einem Vakuum gefangen. Ich kann nur arbeiten und nach Hause gehen. Die Kollegen sind hinterlistig, Vertrauen kann man heutzutage nicht mehr schenken." Ich bemerkte ein steigendes Selbstbedauern aufkommen und schüttete dieses mit dem letzten Schluck aus meinem Glas hinunter.

„Nicht so schnell. Die Nacht ist noch jung. Wie wäre es mit einem Trinkspiel?" Er lächelte spitzbübisch und klopfte zart auf meine Hand. Es war ein etwas unbehaglicher Moment, da ich eine derartige Vertrautheit nicht gewohnt bin. Mein Opa tat dies jedes Mal, wenn er mich zu irgendeiner Lebensweisheit belehrte.

„Ich will mich nicht betrinken und Unsinn labern. Das wäre mir zu peinlich." Das war sowieso nie meine Art.

„Nur ein Vorschlag, du bestellst einen Drink und sprichst einen Wunsch aus. Du hast drei Chancen, und dann schließe ich für heute Abend." Er wartete nicht auf Antwort, und ich ließ mich auf das Spiel ein.

„Das ist eine Idee. Wenn wir fertig sind, ist Mitternacht und der Spuk der Feiertage vorbei", fand ich in dem Moment witzig zu sagen.

„Aber ich trinke nicht allein", fügte ich hinzu. Solche angenehmen Gespräche vermisste ich. Seit meiner Schulzeit, denke ich, waren ähnliche Unterhaltungen so selten, dass ich sie beinahe den Märchen zugeordnet hätte.

„Bestimmt nicht." Er lächelte, und ich merkte ein Fältchen an seiner Stirn, das mir bis dahin nicht aufgefallen war.

„Ich zahle dann im Voraus." Er kassierte und ließ das Wechselgeld im Trinkgeldkübel verschwinden. Während die Münzen im Kübelchen klimperten, bemerkte ich ein Rütteln an meiner Schulter, und meine Augen schlossen sich kurz.

„Du hattest bereits deinen ersten Drink, daher lass deinen Wunsch zuerst hören", forderte er heraus.

„Es ist schwierig, sich etwas zu wünschen, oder?" Ich rang mit verschiedenen Gedanken, und nichts schien mir adäquat zu sein. Ein Barmann mag einfühlsam sein, aber ich würde keinem jemals meine Geheimnisse anvertrauen.

„Es muss jedoch etwas sein, was mit Weihnachten zu tun hat", steigerte er den Schwierigkeitsgrad der Aufgabe.

„Ich würde mir zuerst eine andere Musik wünschen. Swing ist nicht mein Ding." Ich zuckte mit den Schultern.

„Meins auch nicht. Warte." Er presste einige Knöpfe, und ein Rocker plärrte Weihnachtslieder ins Mikrophon, während die Band im Hintergrund alles gab, um Aufmerksamkeit bekommen. „Zu heftig?", fragte er.

Ich nickte, und er wechselte zu einer Bossa Nova und dann zu einem Hit aus den Achtzigern.

„Damit kann ich leben. Kommen heute keine weiteren Gäste?", stimmte ich der Auswahl zu.

„Alle kommen mal hierher, aber scheinbar werden wir uns gegenseitig langweilen." Er lachte angenehm.

„Ich hatte seinen Bart übersehen", stellte ich fest. Dabei wurde ebenfalls klar, dass ich die Personen um mich herum meistens nicht wahrnahm. In einer Welt voller Apps, Chats und Social-Distancing verlernte ich, die Menschen genauer anzuschauen und sogar, diese wahrzunehmen.

„Lass hören." Er servierte sich etwas nach.

„Nun, ich wünsche, dass ich für Weihnachten die gleiche Freude empfinden könnte, wie andere dies tun. Es sieht immer so toll aus, aber für mich war Weihnachten nach der Pubertät niemals wieder so." Ich ließ den Single Malt im Glas kreisen und den Duft in meine Nase steigen.

„Ich lernte, dass geteilte Freude mehr Zufriedenheit gibt. Wünsch dir Freunde, mit denen du die guten Momente verbringen kannst", schlug er vor.

„Auf gute Freunde", prosteten wir und ließen die Gläser klirren.

Alkohol steigt mir selten in den Kopf, weil ich bei den ersten Anzeichen von Betrunkenheit aufhöre.

Als ich sein Gesicht hinter dem Glas sah, kam mir wie ein Déjà-vu, als wäre er mir seit Langem vertraut.

„Entschuldige, wenn ich frage, aber kennen wir uns von woanders? Du kommst mir so bekannt vor. Ich bin sicher, dass fragt jeder Kunde hier, aber das meine ich wirklich ehrlich." Ich war dankbar für die spärliche Beleuchtung des Raums, weil ich bestimmt wie ein kleiner Junge rot angelaufen bin.

Das Jonglieren zwischen freundlich und zu persönlich in Unterhaltungen zu sein, ist für Männer normalerweise eine Herausforderung, die meistens missglückt. Entweder wird man zu intim oder geht so augenfällig auf Distanz, dass jegliches Gespräch dann leer wird.

„Ich glaube, dass alle Barmänner gleich aussehen." Er lachte und besah sich seine Jeans im Licht. Dabei bemerkte er, dass diese schon bessere Jahre hinter sich hatte. Seine Lederkutte war an manchen Stellen, die ich zuerst übersah, beschädigt.

„Motorradunfall?", erkundigte ich mich und zeigte auf die defekte Stelle.

„Neben vielen anderen Ereignissen, die besser unerzählt bleiben. Aber das hier war nur ein Sturz auf der Treppe", bagatellisierte er den Vorfall.

„Klingt aber sehr geheimnisvoll. Was hast du angestellt, fragte ich und prostete ihm zu.

„Nichts Interessantes. Fertig für den nächsten Wunsch?", munterte er mich auf und wich meiner Befragung aus.

„Das hier ist mein zweiter Drink, oder?" Ich bemerkte ein wiederholtes Rütteln an der Schulter.

„Vergesslich vor Ende der Nacht? Das ist aber nicht gut." Er lachte warm und vertraut. Mehr als ich mir wünschte an so einem Abend. Insgeheim beneidete ich meine Arbeitskollegen, weil sie während der Feiertage bei Familie und Freunden waren. Doch es war meine Wahl, die Feiertage allein zu verbringen. Es schien mein Glück zu sein, jemanden zu treffen, der Weihnachten so erinnerungswert machte.

„Ich würde mich gerne erinnern, warum ich so mürrisch wurde. Mir scheint, dass sich mit den Jahren etwas so intensiv veränderte, was meine Lebensfreude in Luft auflöste. Ich möchte nicht philosophisch oder abgehoben klingen, aber es kommt mir so vor, als wäre ich abgestumpft und unempfänglich für die guten Gefühle." Dabei kamen mir Personen in Erinnerung, deren Lebensweg ich gekreuzt und gute Momente mit ihnen verbracht, aber diese in meinem weiteren Lebensweg hinter mir gelassen hatte.

„Mann, bin ich oberflächlich", warf ich mir gedanklich vor. Meine menschlichen Kontakte der letzten Jahre beschränkten sich in der Mehrheit auf die virtuelle Welt. Es wurde mir selbst klar, warum ich so wenig Freude an Weihnachten empfand.

Der Barmann stand auf, ging zur Musikanlage und presste einige Knöpfe, während ich meinen zweiten Drink austrank. Sängerin, deren Name mir völlig unbekannt war, trällerte eine sanfte Rock-Ballade mit weihnachtlichem Charakter.

„Sie klingen alle so gleich und seelenlos", urteilte ich. Er bewegte sich zurück zu seinem Hocker, dabei bemerkte ich, wie sein Haar an manchen Stellen bereits grau geworden war. Der Ton der Stereoanlage klang für ein oder zwei Sekunden etwas verzerrt, und ich befürchtete sie würde ihren Dienst aufgeben.

„Als wir uns zum ersten Mal begegneten, dachte ich, dass du zu jung für die Arbeit hinter dem Tresen seist. Jetzt merke ich, dass du sogar einige silberne Streifen hast." Ich fühlte mich locker und empfand es nicht als störend, so persönlich mit ihm zu reden. Ein frischer

Wind streifte meine Wange, und ich schaute zur Tür, um zu sehen, ob jemand hereinkam.

„In meiner Branche sagen wir, dass jeder Gast sieht, was er sehen will. In diesem Licht kann man auch nicht wirklich etwas sehen." Die linke Seite seines Gesichts verschwand in der zweitklassigen Beleuchtung des Raums.

„Ich wünsche mir ...", fing ich an.

„Warte. Ich habe den Dritten noch nicht ausgeschenkt, aber wir wollen frische Gläser nehmen." Ich betrachtete die Single-Malt-Flasche auf dem Tresen und überlegte, wie diese sich so schnell geleert hatte. Er servierte geschickt mit einer Hand. Wie ein Zauberkünstler.

„Du hast eine Menge Lebenserfahrung, nicht wahr?", fragte ich. Obwohl mir klar war, dass er zudem über eine bessere Beobachtungsgabe verfügte als ich. Mein Blick wanderte vom herunterfließenden Single-Malt zu seinen Händen. Ich sah, dass diese noch mehr Pflege benötigten als meine.

Er schob das Glas vor mich und nahm die alten Tumbler mit.

„Hinter der Bar hier lerne ich beachtlich viel über das Leben. Dabei auch die Werte des Daseins." Seine Überzeugung war spürbar und einnehmend.

Ich wurde etwas stutzig, als beim nochmaligen Betrachten seines Gesichts die Frische der Jugend komplett verschwunden war. Es schien, als würde er mit Fortschreiten der Nacht älter wirken.

„Mann, du bist verwirrt", sagte ich mir und genoss die Wirkung des dritten Drinks. Ich genieße meine Getränke und habe immer alles im Leben unter Kontrolle. Doch diesmal feierte ich, frustig allein zu trinken.

„Es ist Weihnachten, und du hast einen alternden Barmann. Du bist nicht einsam", dachte ich und schaute auf mein Glas.

Die Anlage spielte Weihnachtslieder. Ich benötigte einige Minuten, um die Lieder wiederzuerkennen. Ich kannte sie von vor langer Zeit zu Hause mit meiner Familie.

„Das sind aber alte Aufnahmen. Seitdem wurden kaum neue Songs aufgenommen, die zu Weihnachten passen. Es scheint mir, als wäre Weihnachten zu einem nostalgischen Feiertag geworden. Nur damals war es so schön", sagte der Barmann nachdenklich.

„Wie alt bist du denn?", fragte ich und merkte dabei, dass meine Manieren allzu locker wurden. Ich frage nie jemanden nach seinem Alter.

„Du hast deinen dritten Wunsch noch nicht ausgesprochen." Er ignorierte meine Frage, was ich von Herzen begrüßte. Meine Spontanität war mir peinlich.

„Ich wünsche mir, ich könnte alles wieder von vorne anfangen und mich an Feiertagen erfreuen oder mich einfach unbekümmert benehmen. Mein Leben ist wie programmiert." Ich hielt mit meinem Redeschwall inne und musste tief Luft holen, damit ich nicht in Tränen ausbrach.

„Bist du in Ordnung?", fragte er und schenkte etwas nach. Die Flasche war fast leer, und es war mir unklar, wohin ihr Inhalt so schnell abfloss.

„Oh ja. Keine Sache. Ich glaube, mit diesen Feiertagen kommen depressive Gedanken. Oder habe ich zu viel getrunken? Ich muss bald aufhören."

„Nimm noch den letzten Schluck, und ich bin sicher, danach werden sich deine Wünsche erfüllen." Das waren in meiner Erinnerung seine letzten Worte, bevor mir schwarz vor Augen wurde.

Ich wachte auf und realisierte die großen Säulen, die zur Decke wuchsen. Der Lärm sprechender Personen um mich herum riss mich aus meiner Realität.

„Wo bin ich denn?" Doch keiner reagierte, und ich wurde leicht phobisch. So wie es aussah, lag ich am Boden, und eine Menschentraube starrte mich wie in einer Freak-Show an.

„Sie sind am Hauptbahnhof. Ein Glückspilz, darf ich sagen. Sie sind ziemlich böse gerutscht. Unfälle am Feiertag sind sehr unangenehm. Fühlen sie sich wohl?", fragte eine mollige Frau mittleren Alters. Die Menschen hinter der Dame hielten mein Elend mit ihren Handys fest. Ich konnte mich nicht entscheiden, ob ich diese Gaffer hassen oder bedauern sollte, aber gewiss würde ich sie nicht deswegen bewundern.

„War ich mit einem Auto unterwegs?" Sie schaute mich an und hätte fast gelacht, war mein Eindruck.

„Hier am Hauptbahnhof? Ich glaube nicht. Sie sind nur die Treppe heruntergefallen und haben sich den Kopf gestoßen. Das kann mal passieren. Aber keine Sorge, ich habe den Notarzt angerufen. Sie sind bald wieder unterwegs und schaffen es noch rechtzeitig zum

Fest zu ihrer Familie." Sie war sehr bemüht, freundlich zu sein, scheinbar hatte ich geträumt.

„Ich habe kein Auto", sagte ich.

„Das sollten sie wissen." Sie drehte sich auf ihren flachen Absätzen um, nahm wieder das Telefon und sprach ziemlich autoritär mit einer armen Seele auf der anderen Seite der Leitung.

„Keine Sorge, ich regle das", sagte sie.

Kurz darauf kam ein Sanitäter und erklärte, dass ich selbst entscheiden dürfe, ob ich zum Krankenhaus fahren wolle oder nicht. Ich bevorzugte, meinen Weg fortzusetzen. Mein Traum brachte mich durcheinander.

Etwas benebelt und aufgewühlt machte ich mich auf den Weg zum Zug.

„Es war alles so real", kam mir in Gedanken. Ungewollt rollte eine Träne aus meinem Auge. *„Ich werde diese Bar vermissen."*

Mein Platz im Zugabteilung war frei. Nicht selten sind andere Personen bereits drin und legen ihr Gepäck auf die unbelegten Sitze. Nur ein alter Mann saß mir gegenüber und blätterte vertieft in der Tageszeitung. Auf dem Deckblatt las ich die Schlagzeile.

„Was sind Ihre drei Weihnachtswünsche?", fragte die Redaktion in monumentalen Buchstaben. Das Blatt war eins dieser Schundblätter, in dem Interviews mit Außerirdischen, unglaubwürdige Berichte von Heilung durch Bäume umarmen oder sonstige unsinnige Headlines zu lesen waren. Ich lachte kurz, weil mir klar wurde, woher die Quelle meiner Inspiration stammte.

„Worüber lachen Sie?", fragte der alte Herr skeptisch und zog seine Brille den Nasenrücken etwas tiefer hinunter.

„Nichts Besonderes. Ich bin umgefallen und habe mir den Kopf gestoßen. Dabei hatte ich einen merkwürdig lustigen Traum. Wie ich annehme, hat diese Schlagzeile mich inspiriert", berichtete ich. Angetrieben von meiner Nervosität, holte ich eine Handcreme und kümmerte ich mich um meine vernachlässigten Hände. Schuldbewusst roch ich an Kleidung und Körper und prüfte, ob ich ungepflegt war.

„Eitelkeit ist immer ein gutes Zeichen. Ich darf Sie beruhigen, Sie riechen nicht nach Bahnhof", bemerkte der Herrn und lachte über den eigenen Witz.

„Ich fiel zu Boden. Man kann nie wissen", erwiderte ich.

Wir unterhielten uns zehn Minuten über mein Erlebnis, dann fuhr der Zug ab.

„Ihr Wunsch hat sich erfüllt. Sie können den Tag nochmals von vorne erleben", sagte er.

„Stimmt irgendwie." Ich war immer noch beunruhigt und ließ die Erlebnisse meines Traums Revue passieren.

„Haben Sie etwas dagegen, mit mir einen Drink zu nehmen? Dann vergeht die Zeit viel angenehmer", lud der Herr ein.

„Im Gegenteil. Ich bin für jede Ablenkung offen. Es war eine sehr aufregende Erfahrung", lächelte ich.

„Ich trinke meinen Single Malt gerne in Raumtemperatur. Achtzehn Grad am besten. Entschuldigen Sie die Plastikbecher , aber auf Reisen hat man keinen gehobenen Service." Er lachte herzhaft und weit energischer, als man sich für einen alten Mann vorstellt.

Wir genossen unsere Drinks aus seiner kleinen Flasche zum langsamen Takt des Zugs. Wir waren eine Weile unterwegs, als er wieder nachschenkte.

Ich schaute den Herrn genauer an und bemerkte seine Jeans und das T-Shirt. Ich schauderte und erfreute mich am Déjà-vu, da diese denen des Barmanns aus meinem Traum glichen.

„Mögen sie Rock-‚n'-roll?"

„Nur mit passendem Drink und ebensolcher Begleitung." Er prostete mir zu. Unser Zug ratterte weiter, und ich hoffte dabei, dass meine drei Wünsche für dieses Weihnachten wahr werden.

Ein unerwartetes Geschenk

Ein Hoch auf die Liebe

Verzeihen ist göttlich

Ich schaute in den Spiegel und merkte im grellen Licht der Badezimmerbeleuchtung, wie meine Haut an jugendlichem Glanz verlor.

„Verdammt", rief ich zornig.

Das war einer dieser Momente im Leben vieler Männer, wenn sie merken, dass die Zeit vergeht und sie im Leben nichts erreicht haben. Mein Job als Barkeeper wurde im letzten September gekündigt. Mein Boss sagte ohne jegliche Rücksicht, dass sich ein jüngerer und besser aussehender Kerl beworben hätte, der alles habe, was die Gäste gerne sehen wollen.

„Tut mir leid, Gusti, aber wir müssen an die Gäste denken. Wenn sie woanders jüngeres Gemüse finden, bin ich meinen Laden los", erinnere ich mich seiner Worte aus dem roten verquollenen Gesicht. Er nannte mich Gusti statt August, was sich für mich im Arbeitsumfeld nicht gehört, aber wer würde je dem Boss widersprechen.

Nach meinem Jammermoment im Badezimmer folgte der Kaffee aus meiner Maschine. Ehrlich, ich dachte mehrmals, dass ich Motoröl statt Kaffee trank, aber ich konnte mir keine neue Maschine leisten. Betrübt saß ich dann wieder über den Stellenanzeigen auf meinem Tablet und blätterte gelangweilt die Suchergebnisse durch, als das Mobile ertönte. Ich habe kein Festnetz, weil mir dies mittlerweile überflüssig vorkam. Aber der Nachteil von Handys ist, dass diese immer wieder verschwinden.

„Wo sind meine übersinnlichen Kräfte in solchen Momenten?", fragte ich mich in Gedanken und lachte müde. Der Apparat erneuerte seine Klage, und dem Ton nach zu urteilen, musste es meine Tante Wilma sein.

„Entweder ist jemand gestorben, oder sie hat sich verwählt. Ich habe keinen Bock, mit ihr zu reden", dachte ich. Wegen meiner Tante ist einiges schiefgelaufen, und ich trug ihr das schlechte Benehmen am letzten Weihnachten sehr nach.

„Gusti, mein Schatz, hier ist Tante Wilma", begrüßte mich meine Tante. Man würde ihre Art als freundlich beschreiben. Um noch harmloser zu klingen, legte sie eine Alte-Damenstimme an. Ich jedoch verstand dies als Schuldgefühl. Wegen ihrer Intrigen verlor ich vor zwei Monaten fast meinen Partner.

„Tante. Wie gehts?", sagte ich kühl.

„Ich habe eine tolle Idee: Dieses Jahr feiern wir Weihnachten wie zu der Zeit, als deine Mutter noch lebte. Du fehlst mir. Was hältst du davon?"

Ihre Begeisterung teilte ich wirklich nicht, aber seit meine Mutter starb, wurde meine Familie kleiner, und meine Tante versuchte sich in der Mutterrolle. Mit dem Unterschied, dass sie alles andere war, aber niemals könnte sie eine Mutter sein. Sie kannte die Klischees und Pointen eines Theaterstücks, in dem sie eine Mutter spielte, aber nichts, was mit dem wirklichen Leben zu tun hatte. Es war kaum möglich, sie zu hassen, und da sie mich anrief, wollte ich sie nicht brüskieren.

„Tante. Letztes Mal war das Familientreffen ein Fiasko, und ich habe keine gute Erinnerung an diese Feier." Ich warf den Rest meines widerlichen Kaffees in die Spüle und ließ Wasser nach-fließen.

„Hör auf, Gusti. Du kannst mir auch mal irgendwann verzeihen", sagte sie mit weinerlicher Stimme.

„Ich habe etwas anderes vor", log ich.

„Was denn? Du hast keine Arbeit, und ich glaube kaum, dass du bis Weihnachten etwas Neues findest. Komm, es kann sogar sein, dass dies mein letztes Weihnachten sein wird", drückte sie auf die Tränendrüse.

„Du solltest dich schämen, solche Tricks zu benutzen. Woher weißt du denn, dass ich keine Arbeit habe?" Sie kannte alle Barbesitzer der Stadt, und sie war auch als Anlaufstelle für Getratsch aus der Künstlerszene bekannt.

„Wenn ich eine Liste schreiben soll mit all denen, die hier anrufen, damit du mich, eine alte Dame, besuchst, bist du schiefgewickelt." Dann änderte sie ihren Ton wieder ins Liebevolle. „Es ist aber wichtig."

„Warum?"

Sie machte eine ungewöhnliche Pause, und ich wollte bereits fragen, ob sie noch in der Leitung sei.

„Ich habe Louis eingeladen, und er kommt." Jemand flüsterte bei Tante Wilma im Hinter-grund. Louis ist mein Partner, oder zumindest hoffe ich, dass er es je irgendwann mal wird. Er hat mich wegen Tante Wilma fast verlassen und ich war immer noch wütend auf sie wegen ihrem Ver-halten, als ich ihn ihr vorstellte.

„Wieso tust du sowas?"

„Er versteht mich viel besser als du. Ich traf ihn vor zwei Tagen beim Einkaufen am Spirituosenregal." Tante Wilma suchte diese Abteilung des Supermarkts öfter auf.

„Warum hast du ihn eingeladen? Er hat mir nichts davon erzählt. Du hast ihm gesagt, dass er keinen Stil habe und nur an meinem Geld interessiert sei, oder?", spuckte ich zornig aus. Wie eigentlich jedes Mal, wenn wir telefonierten, seitdem Louis mich nicht mehr in der Favoritenliste hatte.

„Verzeihen ist eine Eigenschaft, die auch deine Mutter nicht besaß. Ich bin ein sensibler Mensch, und es kann mal passieren, dass man sich zu emotional benimmt. Es war ein Ausrutscher. Bitte", flehte sie wieder.

„Wieso hat er die Einladung angenommen, ohne mit mir darüber zu sprechen? Er wollte nie wieder mit dir reden. Oder hast du dir das ausgedacht?" Ich hatte durchaus Interesse an einem Familienleben mit Louis, aber man gibt sowas niemals gerne zu. Ich rätselte aber, warum er mir dies verbarg.

„Ich hoffe sehr, dass du mich nicht als Lügnerin bezeichnest." Die kurze Pause deutete an, dass auch sie nicht an das Gegenteil glaubte. „Das interessiert nicht.

Komm um eins und bring Dings mit, weil ich noch das Haus entsprechend dekorieren will. Ich muss mich für mein Benehmen bei Dings entschuldigen, und Hilde jammert die ganze Zeit und arbeitet nicht. Sie frisst nur." Hilde ist die älteste Schwester von Tante Wilma und meiner Mutter. Nicht ein Unterhaltungswunder, aber Tante Wilma sang sehr gut in den Jahren, als sie noch auf der Bühne arbeitete.

„Er heißt Louis, und das weißt du. Was hast du vor? Willst du ihm eine Gehirnwäsche verpassen, damit er unser Familientreffen vergisst?", warf ich ihr vor.

Ich konnte mir die Antwort auf meine Frage schon vorstellen. Aus Schuldgefühl hatte Tante Wilma Louis gestalkt und ihm etwas vorgelogen, damit ich für ihr Benehmen verantwortlich ge-macht werden könne. Und wenn nicht ich dann Tante Hilde.

„Eine gute Gelegenheit, mein Ruby-Red-Kostüm anzuziehen. Ich trage es zu gerne. Deine Tante Hilde will sich nicht entsprechend anziehen. Ich habe ihr gesagt, dass es sich um eine Wiedersehensparty handelt, aber wie du weißt, hat sie keinen Stil." Wilmas Zunge war stets giftig, da-rum sprach sie immer zuckersüß, damit man ihre Boshaftigkeit nicht merkte.

„Oh ja, das werde ich Tante Hilde nach meinem Hot-Toddy erzählen", drohte ich.

„Das tust du nicht. Ich habe dir etwas Besseres beigebracht. Louis sieht immer noch gut aus. Diese Südländer haben einen Hintern, oh mein Gott."

„Tante, bitte sei nicht ordinär", unterbrach ich sie. Sie war immer etwas zu informativ, was ihre Vorliebe für Männer anbelangte.

„Was denn? Du hast ihn nicht wegen seinen schönen Augen ausgesucht, da bin ich mir sicher. Vor allem dort, wo du ihn kennengelernt hast. Du bist wie dein Vater. Ich muss mit dem De-kor weitermachen. Tante liebt dich", legte sie auf, bevor ich weitere Proteste anbringen konnte. Mein Vater hat eine eigene Geschichte, auf die ich nicht eingehen möchte, aber so viel sei erwähnt, er hatte neben meiner Mutter mehrere Verhältnisse.

Andere Möglichkeiten für Weihnachten blieben mir auch kaum, weil ich sparen musste. Und wenn Louis mitmachen würde, könnte man ihm glaubhaft machen, dass meine Tante doch nicht verrückt sei. Ich hatte zur Auswahl einen peinlichen Abend mit meinem Louis und zwei alten Tanten, aber mit Essen und Getränken oder eine Tüte Knabbereien vor dem Fernseher mit einem Kamillentee, und Louis würde sich in Bars rumtreiben und mich allein lassen. Ich kontrollierte meinen Schrank und überlegte, was ich zu den Knabbereien nehmen könnte. Dabei stellte ich fest, dass auch der Kamillentee aus war. Die Entscheidung fiel leicht ein. Diese Flasche wurde zum Symbol für Louis, die Farbe des Getränks erinnerte mich an seinen Teint, die runden Formen der Flasche an seinen Körper und die Wärme, die ich jedes Mal spürte, wenn er mich umarmte.

Falscher Stolz und Tante Wilmas verdammtes Mundwerk waren eine schreckliche Kombination für Familientreffs. Als sie vor knapp einem Jahr von unserem Streit erfuhr, war sie wirklich entrüstet. Tante Hilde rief mich mehrfach an und versuchte zu schlichten.

Seine Familie kann man sich nicht aussuchen, und meine war nun mal diese.

Tante Hilde ist eine gute Seele. Wie klug sie war, kann ich heute umso mehr schätzen.

Jeder kann mal einen Fehler machen

„Meine Schwester Hilde ist mehr als penetrant und mischt sich überall ein, was sie nichts angeht", sagte ich zu mir nach einem Telefonat mit meinem Neffen Gusti. Ich habe seinen Namen ausgesucht. Ich erinnere mich, als seine Mutter im Krankenhaus zu mir sagte, dass ich seine Paten-tante sein soll. August war der Name unseres Opas.

Zugegeben, es hat lange gedauert, bis ich mich dazu durchrang, ihn anzurufen. Alles wegen einem, sagen wir, Missgeschick. Gusti bereitet mit Single Malt den besten Toddy, den ich kenne. Er kam vor zwei Monaten mit einem Freund zu meiner Familienfeier und stellte mir einen kleinen jungen Mann als einen Freund vor. Gute Manieren hat der kleine Herr gehabt. Aber ich fand komisch, wie zutraulich sie miteinander umgingen. Ich komme nun mal aus einer sehr traditionellen Familie und ... Hilde sagt, dass ich zu viel rede. Wie auch immer, wir saßen im Wohnzimmer und Gusti begab sich zu unserem Esstisch, wo das kleine Porzellanstövchen aus den Niederlanden bereits stand. Der Duft des Whiskys verbreitete sich im Raum, während Gusti langsam, fast schon zeremoniell den Honig dazugab. Ich wollte wissen, mit welchen Menschen mein Neff verkehrte. Er kam nicht zu meinen Einladungen und sprach nur dünnlippig über seine Abwesenheiten. Seit meine Schwester Flora, Gustis Mutter starb, kümmere ich mich um den Jungen.

„Ich liebe den Duft von Single Malt. Wo habt ihr euch kennengelernt?", fragte ich nonchalant und versuchte, mit Louis Small-Talk zu machen. Wir hatten bereits eine Runde Sekt hinter uns, und Gusti mixte weiter von den Rezepturen, die er auf seiner Arbeit anwendete. Wir feierten seit dem frühen Nachmittag. Liköre und andere Rezepturen hatten wir bereits durchprobiert. Das Abendessen war bei Antonios Locanda bestellt.

„Oh", sagte Louis und errötete sichtlich, was für mich ein Zeichen war, dass etwas mehr zu erfahren war. Er ist Kreole, wie ich später erfuhr, mit einem sehr goldenen Hautton.

„Sei nicht so forsch, Wilma. Du schüchterst den Jungen ein." Hilde mischte sich ein. Ich hätte ihr gerne einen Tritt verpasst, aber sie saß von meinem Sessel zu weit weg.

„Ich liebe den Duft von Whisky auch. Ich kenne dieses Getränk nicht", wich er vom Thema ab.

„Ich komme gleich mit der ersten Runde zu euch", sagte Gusti fröhlich.

Gusti ist ein Pechvogel, ihm fehlt der Antrieb. Sicher nicht wegen mir. Ich war mit meinen Schwestern viele Jahre auf der Bühne, und wir wussten nicht nur zu singen und darzustellen, sondern wir kümmerten uns auch darum, dass die Rechnungen bezahlt wurden. Als Flora von uns ging, nahm sie leider die Freude mit sich, die wir zu dritt auf der Bühne mit unserer Show hatten.

„Warum erzählst du nicht, wo ihr euch kennengelernt habt?", insistierte ich, als Gusti mit den vier Getränken kam.

„Toddy für alle." Mein Neffe hat ein zauberhaftes Lächeln.

„Gusti, sag Wilma, sie soll aufhören", monierte Hilde wieder.

Ich probierte sein Rezept und merkte, dass Louis Gusti sehr verliebt anschaute.

„Zu süß. Du musst entweder mehr Zitronensaft oder Single Malt hinzugeben. Gib mir die Flasche", forderte ich unvorsichtig.

„Wilma, bitte", wisperte Hilde. Hilde hinderte mich, meine Fragen zu stellen.

„Ich wollte euch eigentlich mehr über Louis und mich erzählen. Aber es war bisher nicht möglich. Oder sagen wir, es gab keine bessere Gelegenheit." Mein Gusti hob sein Glas.

„Prost", stimmten alle mit ein. Ich nahm einem großen Schluck von meinem Toddy, und dann passierte das Unerwartete.

„Louis und ich sind ein Paar, ich wollte das persönlich erzählen." Es folgte eine lange Stille, langsam schluckte ich das heiße Getränk hinunter.

„Wie meinst du das?", fragte ich in einem Hustenanfall. Ich hatte mich am Toddy verschluckt.

„Wilma, bitte. Ein Paar. Brauchst du dafür ein Bild?" Meine Schwester trug eigentlich die Schuld an dem Ganzen. Sie behandelte mich von oben herab, und ich glaube, ich habe das irgend-wie nicht gut vertragen. Ich kippte etwas mehr vom Single Malt in den Toddy und blickte tief in Gustis Augen.

„Wir haben uns vor sechs Monaten kennengelernt, und wir gedenken zusammenzuziehen. Louis wäre dann Teil unserer Familie." Gustis Stimme zitterte leicht.

„Darum bist du nicht mehr hier gewesen? So wie ich verstehe, ist er wichtiger geworden als deine Familie." Ich konnte meinen Gräuel nicht verstecken.

Auf der Bühne hatte ich Friseure, Make-up-Künstlern und klar, meine Kostümbildner, die homosexuell waren. Aber in unserer Familie hätte ich das nicht erwartet. Vor allem wenn dies be-deuten würde, dass ich meinen Neffen nicht mehr zu Besuch bekommen würde, nur weil er einen Mann kennengelernt hat, das fand ich wirklich übertrieben.

„Wo habt ihr euch kennengelernt?", wiederholte ich aufgebracht. Die Überraschung kam einfach zu abrupt.

„Wir waren in einem Lokal zusammen." Louis war weiterhin rot wie ein Pavian-Arsch.

Ich trank zu schnell, und eventuell stieg mir der Alkohol zu Kopf. Ein absolut verzeihlicher Lapsus, der auf jeder Party passieren kann, ein Familientreffen sollte auch nicht so steif ablaufen.

„Was für ein Lokal? Ich würde gerne mehr darüber hören." Meine Stimme versagte fast, aber ich winkte Hilde für eine neue Runde zu.

Hilde brachte die zweite Runde, die absolut zu sauer war. Sie kann weder kochen noch Ge-tränke mixen.

„Wir haben uns in einer Sauna kennengelernt. Jetzt lass das. Wir wollen feiern", unterbrach mich Gusti. Ich kippte alles schnell hinunter.

„Ich bitte dich. Schwul zu sein, hätte ich verzeihen können, aber musst du den erstbesten Mann aus einer Sauna herbringen?", rutschte es mir raus.

Als ich merkte, dass alle mich entrüstet anschauten, hob ich das leere Glas und prostete in die Luft.

„Nichts Persönliches, Schatz. Wir haben nur nicht gedacht, dass unsere Familie so enden würde." Enttäuschung sprach aus mir. Ich dachte, ich hätte dem Jungen alles gegeben, an Schule und guter Erziehung hat nichts gefehlt.

„Tante Wilma, es ist besser, du trinkst nichts mehr", mahnte Gusti.

„Du hast mir nicht erzählt, dass deine Familie so homophob ist", attackierte mich Louis und schob das Glas von sich.

„Ich bin nur überrascht, das ist alles. Sei nicht so eine Memme", ergänzte ich das Fiasko.

„Ich trinke nicht mit solchen Leuten, Gusti. Ich glaube, dass ich einen Fehler gemacht habe. Ich nehme ein Taxi zu meiner Wohnung. Und wagen Sie nie wieder, mich als Memme zu bezeichnen", sagte Louis in Tante Wilmas Richtung   und stand auf.

„Sie hat es nicht so gemeint. Sie hat nur zu viel ... Temperament. Setz dich. Willkommen in der Familie", sagte Hilde als Verräterin und stellte mich als die Böse dar. Sie wollte bestimmt an-deuten, dass ich zu viel ge-trunken hätte, aber sie mied es, weil ich ihr klargemacht hätte, dass sie eigentlich keinen Toddy zubereiten kann.

„Hättest du das nicht am Telefon sagen können? Oh mein Gott! Deine ganzen Schulfreunde? Als wäre ich blind. Ich bin eine Frau mit Erfahrung", stammelte ich mit meiner Hand vor dem Mund wie ein Bauerntrampel. Ich war einfach nervös. Wenn man sein ganzes Leben einem undankbaren Balg widmet und dann sechs Mona-te lang nicht mehr besucht wird, wegen dem ersten exotischen Hintern, den er trifft, verlassen wird, kann man aufgebracht sein.

„Wilma, leg dich im Wintergarten hin. Du bist über das Akzeptable hinaus", provozierte Hilde wieder.

Von da an ging alles den Bach hinunter. Hilde bekam einen Anfall und schrie mich an, als wäre sie besessen. Louis und Gusti verließen uns, Hilde heulte mindestens eine Stunde lang. Ich schlief ein, und am nächsten Tag war Hilde auch nicht mehr da.

Ich gebe zu, es war keine Glanzleistung von mir an dem Abend. Gusti hätte eine bessere Gelegenheit aussuchen können, mir sowas zu sagen.

„Wo war seine Entschuldigung?", fragte ich mich.

Alle hatten sich gegen mich gestellt. Hilde sprach mit mir seitdem nicht mehr, und mein undankbarer Neffe blieb auch fern. Als Hilde endlich wieder einen meiner zahlreichen Anrufe beantwortete, entschuldigte ich mich unter Tränen.

„Wie konntest du so fies und giftig sein. Der Junge hat sich bestens benommen, und Homo-sexuelle kennen wir aus unserem Arbeitsumfeld zur Genüge. Ich weiß nicht, ob ich dir je verzeihen kann. Gusti wird bestimmt kein Wort mehr mit uns wechseln." Hilde legte kaum eine Pause ein, und egal ob ich weinte oder heulte, sie predigte weiter, fast eine Stunde lang. Nur weil ich die Jüngste von uns dreien bin, musste ich mir zeitlebens entweder von ihr oder von Flora Belehrungen anhören.

„Ich bin kein schlechter Mensch. Du hast das Getränk damals zu stark gemischt und den ganzen Nachmittag feiern, das war vielleicht mein Zuckerspiegel", entschuldigte ich mich. Letzte Woche erfuhr ich, dass Louis Gustis Antrag wegen mir abgewiesen habe. Ich war sprachlos.

„Drama Queen", sagte ich unbedacht, und Hilde setzte zur zweiten rhetorischen Runde an.

„Gusti ist alles, was wir noch an Familie haben. Wenn wir nicht mehr sind, bleibt nur Gusti, und nach ihm sind wir nur noch Geschichte. Du solltest dich bei ihm entschuldigen. Willst du ihn allein und verbittert sehen, wie du es bist?" Hilde rieb mir unter die Nase, dass ich keine Kontrolle beim Trinken habe.

„Es war nur ein Spaß, der schiefging", spielte ich die Sache herunter.

„Wilma, Spaß ist, wenn zwei darüber lachen." Hilde war von uns die Vernünftigere.

„Gusti hat uns vergessen, als er diesen Mulatten Jungen gesehen hat."

„Warum musstest du auf den Jungen so losgehen? Du bist kein Rassist, oder?"

„Um Himmels willen. Was für eine Vorstellung. Ich war nur überrascht, und vielleicht bin ich zu spontan gewesen. Du erinnerst dich, dass ich ein gutes Auge für solche Männer habe, und der Junge sieht sehr scharf aus. Was kann ich dafür? Es ist mir so rausgerutscht." Ich versuchte, logisch zu erklären, was absolut nicht logisch war.

„Du bist unmöglich, Wilma. Gusti gibt weiter vor, gut zu leben, aber ich weiß, dass er sich keinen anderen Partner wünscht, und er will ein Familienleben haben. Das auch wegen dir", fügte Hilde hinzu.

„Wenn die Beziehung so zerbrechlich ist, kann ich wirklich nichts dafür."

„Das sagt die, die nie eine Beziehung hatte, die länger als drei Nächte gehalten hat." Hilde traf ins Schwarze, und ich verstand, dass meine saloppe Art eventuell der Angst vor einer Beziehung entsprang. Meinen Neffen in einer Beziehung zu sehen, war, als hätte ich ihn verloren.

Für mich war Louis der Dieb, der mir Ruhe und Freude stiehlt und mein Kind von mir weg-nahm. Aber am Ende war ich diejenige, die das Kind von mir wegge-stoßen hatte.

„Was soll ich tun?" Ich brach erneut in nicht vorgespielte Tränen aus.

„Du rufst Gusti an. Lade ihn und Louis zu Weih-nachten ein", befahl Hilde.

„Er wird nie wieder mit mir reden", heulte ich.

„Tu das. Er kann nicht nein sagen." Hilde tät-schelte mich leicht.

„Wieso?"

„Sag ihm, dass du Louis eingeladen hast, als wir ihn im Supermarkt trafen, dass er kommen wird. Keiner ist überzeugender sein als."

Weihnachten mit Tanten

Wilma war für mich und meine Schwes-ter Flora immer ein Sorgenkind. Unsere Eltern waren ziemlich früh gestorben, wir drei waren auf uns gestellt. Sie ist aber vor allem eine Frau, die ihrer Zeit voraus ist.

Sie war immer unabhängig, und Beziehungen waren für sie immer, sagen wir, fließend.

Sie zu bändigen, vergleiche ich immer mit Drachenfliegen während eines Tornados. Aber in ihrem Innersten ist sie eine liebevolle Person. Sie träumt und lebt in einem Traum, in dem sie meine Arbeit als Gustis Ersatzmutter für sich beansprucht. Während ich mich um sein Studium kümmerte, gab sie zusammenhanglose Anweisungen über seine Kleidung und andere nutzlose Lappalien. Ich überhörte dies geschickt und kümmerte mich darum, dass der Junge zur Schule ging und wir einen neuen Auftrag bekamen. Neben meinen Ersatzmutteraufgaben war ich auch die Managerin für uns beide.

Ich rede im Gegensatz zu meiner Schwester so gut wie gar nicht. Auf der Bühne bin ich eine ganz andere Person, aber kaum mache ich einen Schritt davon weg, verwandle ich mich in eine Salzsäule, wie Wilma sagt. Sie jammerte pausenlos, dass Gusti uns in den letzten Monaten nicht mehr besuchte, und ich deutete an, dass er eventuell jemanden kennengelernt habe. So ist nun mal der Lauf des Lebens. Ich vermied Beziehungen, weil mit Wilmas und Gustis Versorgung von hatte ich genug zu tun.

Seit kurz nach dem Frühstück bin ich mit Kochen und Saubermachen beschäftigt, und wenn ich nicht in Ohnmacht falle, hätte ich den Abend auch viel zu tun, indem ich Louis vor Wilmas erneutem Angriff beschütze.

„Hast du das Porzellanstövchen auf den Tisch gestellt?", fragte Wilma aus dem Schlafzimmer. Ich antwortete nicht, weil mir klar war, sie würde meine Antwort weder hören noch diese verstehen. Sie übte seit fast zwei Stunden die Tonleiter pausenlos rauf und runter.

„Ich habe den besseren Single Malt in den Esszimmerschrank gestellt. Hol ihn", kam die nächste Anweisung nach einer schiefen Tonleiter.

Ich ließ Wilma mit dem Klavier allein und zog mich für den Abend an. Meine Schwester wollte wieder das Essen irgendwo bestellen, wo sie träumte, die Qualität sei hervorragend, aber ich schlug vor, das Menü vom letzten gemeinsamen Weihnachten mit unserer Mutter zu kochen. Tatsache ist, keiner von uns wusste, wie das letzte Weihnachtsessen mit unserer Mutter schmeckte, weil wir einen Auftritt hatten und unsere Mutter allein zu Hause blieb. Das hat Wilma sich irgendwie vorgeworfen, nachdem Mutter starb. Zwei Jahre danach ging Flora von uns, und sie wurde dann überfürsorglich mit unserer Familie.

Es war bereits fünf Uhr, als Gusti und Louis kamen. Ich hörte, wie sie an der Tür klingelten, aber so schnell wie Wilma bin ich nicht. Daher hörte ich genüsslich aus dem Abseits, wie sie sich aus ihrem schlechten Benehmen herauswand.

„Ich dachte, ihr kommt früher. Wir müssen gemeinsam den Baum dekorieren", begrüßte sie die beiden, als hätten sie sich alle immer in Güte getrennt.

„Tag Tante", sagte Gusti etwas verunsichert. Ich musste noch den Tortenboden in den Ofen schieben, mit nur einem Ofen für die Feiertage zu backen, ist ein Albtraum.

„Was heißt ‚Tach Tante'? Gib mir ein Bussi." Widerwillige Küsschen waren zu hören, und   nachdem der Biskuitboden für die Torte im Ofen und die Uhr eingestellt war, eilte ich zum Wohn-zimmer.

„Louis!", begrüßte ich ihn und stellte mich zwischen ihn und die Küsse heischende Wilma.

„Hallo, Frau Bremm", sagte er noch verunsicherter als Gusti.

„Ich heiße Hilde." Ich gab ihm beide Hände und versuchte geschickt, Wilma zur Seite zu schieben.

„Ich wollte ihn auch begrüßen", monierte Wilma.

„Stimmt. Setzt euch mit Wilma ins Wohnzimmer und macht den Baum fertig", sagte ich und dachte, wie gefährlich dieser Moment sein könnte, aber noch war meine Schwester in ihrer Rolle als Gastgeberin.

„Ich habe eine spezielle Flasche mitgebracht." Gusti brachte einen Single Malt mit, und ich wollte bereits schwören, dass wir der barmherzigen Schwester der Enthaltsamkeit ein Gelübde ab-gelegt hatten. Zu denken, dass Wilma wieder über die Maßen trinkt und dämlich daher labert, war Teil eines Horrorszenarios, das ich vermeiden wollte.

„Diese Flasche habe ich Gusti geschenkt, als wir unseren ersten gemeinsamen Monat feierten", sagte Louis. Doch Wilma blieb weiter still.

„Wenn du jeden Monat eine solche Flasche schenkst, hoffe ich, dass ihr viele wunderschöne Monate miteinander feiert." Wilma lächelte erwartungsvoll, doch alle reagierten zögerlich.

„Du bist mir nicht mehr böse wegen, du weißt, letztes Mal." Sie hakte sich bei Louis ein, der ihr wie ein Lämmchen folgte. „Hilde hat letztes Mal unseren Toddy so stark gemacht. Es ist mit ihr wirklich nicht auszuhalten." Als sie und Louis am Weihnachtsbaum ankamen, entschied ich, wieder in die Küche zu gehen.

„Pass auf sie auf. Ich muss noch eine Torte fertig machen."

„Keine Sorge. Ich hatte einige lange Gespräche mit Louis. Ich glaube, diesmal sind wir auf Tantchen besser vorbereitet." Ich bemerkte, dass Gustis Haar an manchen Stellen bereits licht wurde, und erinnerte mich, wie dieser Junge mir an den Hals sprang, als er vier Jahre alt war. Jedes Deko-Stück, das Wilma aus dem Karton holte, wurde von einer Familiengeschichte oder dem Einsatz von einem der zahlreichen Fotoalben begleitet.

Kaum eine Stunde, nachdem ich sie allein ließ, kam ich aus der Küche zurück.

„Sie waren tatsächlich ein Star in der Schwulenszene?", fragte Louis erstaunt. Gusti rollte die Augen

,und ich sah die auf dem Boden verteilten Kartons, die selbstverständlich ich aufräumen sollte.

„Frag mal Hilde. Ich trat fast jede Woche auf, und nach meinen Shows gab es Disco", prahlte Wilma. Ihre Augen glänzten vor Freude. Ich prüfte zur Sicherheit, dass der Single Malt unangetastet war. Gusti, der das bemerkte, lachte und kam auf mich zu.

„Du bist die süßeste Tante der Welt." Er küsste mich.

„Die zweitbeste. Du hast Wilma vergessen."

Wir lachten und setzten uns zu Louis und meiner Schwester, die einen Bewunderer gefunden hatte.

Nach dem Essen wartete ich verspannt auf unsere Toddy-Runde. Warnungen an Wilma wurden täglich ausgesprochen, seit sie mit Gusti telefoniert hatte.

„Sie scheinen sich zu vertragen", sagte mein Neffe.

„Sollen wir den Alkohol beiseitelassen?", fragte ich.

„Ich habe keine Angst. Sie ist heute so charmant, dass ich eher eifersüchtig auf ihn bin." Gusti umarmte mich. „Ich habe etwas Besonderes vor."

Ich fragte nicht nach. Ich lernte, seit seiner Pubertät keine intimen Fragen zu stellen.

„Ich hole die Torte."

Wilma stand neben dem Klavier und wartete auf mich, damit sie ihr Ständchen vortragen konnte. Die Behauptung, dass sie wie ein Engel sang, hat auch sie niemals geglaubt, aber sie kann auftreten wie wenige, und egal was sie sang, es klang immer schön und lustig.

Gusti kam mit einem Tablett, auf dem vier Gläser mit Toddy standen. Der Duft von Single Malt und Honig verbarg eine feine Zitronennote. So wie ich es ihm beibrachte.

„Jetzt, wo wir uns alle besser kennen, will ich, bevor wir uns betrinken und Schwachsinn re-den" - Gusti sah zu Wilma, die geschickt zur Seite schaute - „etwas sehr Ernsthaftes sagen. Etwas, von dem ich hoffe, dass es für uns alle hier wichtig ist." Er verteilte die Gläser, dann legte er einen Zinnsoldaten vor Louis. Auf der Spitze seines kleinen Bajonetts hing ein goldener Ring, mit einem Wikingerknoten befestigt.

„Würdest du mich heiraten wollen?", fragte Gusti.

„Oh mein Gott, das ist so ein schöner Moment."
Wilma schrie diese Worte fast und heulte, als hätte der
Antrag ihr gegolten. Ich kann mich nicht mehr erinnern,
ob Louis je zu Wort kam, aber meine Schwester machte
diesen Moment unvergesslich.

Unvergessliche Geschenke

Ich lebe seit fast drei Jahren in dieser
Stadt. Als ich herkam, dachte ich, nur fünfzehn Tage hier
zu arbeiten, zwei Wochen Urlaub zu machen und wieder
nach Louisiana zu fahren. Aber wie ich gelernt habe, soll
man im Leben nicht zu viel planen, denn die Hälfte davon geht schief oder gar nicht. Als ich im Urlaub war,
besuchte ich eine Sauna. Ehrlich, mir war nur langweilig
und kalt. Die Straßen der Stadt sind mindestens zwanzig
Grad kälter, als ich gewohnt bin.

Dann lernte ich Gusti kennen. Anders als andere
Männer, die ich kannte, ging er nicht auf das Offensicht-
liche, aber er lud mich zu einem Drink ein. Er ist ein
schüchterner Mann. Nachdem ich seine Tante Wilma
kennenlernte, war mir klar, warum er so wenig spricht.

Sie spricht für alle im Haus. Nach einigem Schriftverkehr und Chats kam er zu mir und machte dort Urlaub. Der Urlaub war so unvergesslich, dass wir zusammen nach hier flogen. Da ich in einem internationalen Beratungsunternehmen arbeite, war eine Versetzung ziemlich einfach, und damit fing mein Glück an.

Als er vorschlug, mich seiner Familie vorzustellen, wurde mir klar, dass er diese Beziehung viel ernster nahm, als ich dachte. Wo ich herkomme, sind einige soziale Probleme vorhanden, die man nicht gelassen übersehen kann. Daher war für mich die Situation, in einem fremden Land zu leben, voller Fragen. Sind die Menschen hier Rassisten wie in meiner Heimat? Werden Homosexuelle hier gelyncht? Sind Diskriminierungen ein Kavaliersdelikt?

Gerade diese Gedanken habe ich mit Gusti nie besprochen. Dies blieb mein eigenes Geheimnis. Mein Coming-out bei meiner Familie war während Gustis Urlaub unvermeidlich. Wir wurden beim Küssen erwischt, und meine Cousine posaunte dies in der ganzen Familie aus. Meine Mutter warf sich in der Sonntagsandacht auf den Kirchenboden. Alle bedachten mich mit bemitleidenden und vorwurfsvollen Blicken. An dem Tag schwor ich meiner Mutter, dass ich nicht einmal tot wieder eine Kirche betreten würde. Ich dachte, dieses Fiasko wäre das Schlimmste.

Als wir seine Tanten zum ersten Mal besuchten, wurde dies von Tante Wilmas Verhalten ... angeglichen. Meine Mutter zu übertreffen ist schwer. Was mich so sehr an Gusti festhielt, war, dass er liebevoll ist und eine Enzyklopädie an Informationen. Er wusste Details über amerikanische Spirituosen, die ich mir kaum vorstellen konnte.

Unser erstes Gespräch war über seine Reisen in Schottland und die Brennereien, die er dort besucht hatte. Dabei orderte er einen Single Malt, unser erster gemeinsamer Drink. Ich bin wirklich nicht allzu romantisch, aber seine Art zu umgarnen, jeden Drink mit einer Geschichte zu präsentieren und dabei meine Finger sanft zu berühren, machten den Moment. Meine Ängste wurden durch jede seiner Gesten abgebaut, und so wendete sich das Schicksal, und ich zog in eine eigene Wohnung unweit seines Appartements.

Mit ihm zusammenzuziehen und eine Beziehung zu gestalten, stand mir nicht im Sinn. Bis-her hatte ich alle Männer über Dating-Apps kennengelernt, und Gusti war real. Mir wurde irgend-wann klar, dass ich mich vor der Verantwortung fürchtete.

Seine Idee, mit seinen Tanten Weihnachten zu verbringen, war für mich absolut schrecklich. Ich war eher geneigt, in Clubs oder eventuell auf eine Weih- nachtsparty zu gehen, irgendwo zu feiern, aber nicht mit zwei alten Damen. Und vor allem nicht mit Wilma. Nachdem sie mich so scham-los herablassend behandel- te, sah ich keinen Anlass, nett zu ihr zu sein. Jedoch wurde mir klar, dass solche Urteile für die Zukunft die gleichen Vorurteile beinhalten, die ich bei anderen Per- sonen befürchtete.

„Beim ersten falschen Wort mache ich die Bie- ge", drohte ich Gusti.

„Wenn sie sich daneben benimmt, gehe ich mit dir, und sie sollen mir den Buckel runterrutschen", sagte er. Ich verstand leider nicht die Redewendung, aber ich nickte und gab vor, ich hätte es verstanden.

„Warum hast du die Einladung zu meinen Tan- ten angenommen?" Seine Frage überraschte mich, weil ich gar nichts davon wusste.

„Welche Einladung?"

„Tante Wilma meinte, sie hätte dich im Supermarkt getroffen, und du hättest dich gefreut, Weihnachten dort zu verbringen." Ich überlegte, worüber er sprach, aber mir war nicht danach, sie als Lügnerin zu bezeichnen.

„Egal. Wir essen und dann hauen wir ab. Ich habe zwei Partys gefunden, wo wir nach Mitternacht hingehen können."

Bis dahin wusste ich nichts von Gustis Absicht, mir einen Antrag zu machen.

Wilma empfing uns an der Tür, als hätte sie mir nie zuvor ein böses Wort gesagt. Ich spielte mit.

„Der hier war meine erste Liebe." Sie zeigte einen Saxophonist, der sein Gesicht mit aufgeblasenen Backen und geschlossenen Augen in Richtung der Bühnenlampen hielt. Ein schönes Motiv und ein schöner Mann, wenn auch zu altmodisch für mich.

„Das hielt fast eine Woche. Nach unserem Auftrag haben wir ihn nie wieder gesehen. Aber Wilma, er war nicht dein erster Mann. Das kannst du nicht erzählen. Du warst bereits zweiundzwanzig", korrigierte Hilde ihre Schwester sehr rücksichtsvoll.

„Nun, Liebe ist nicht gleich Sex. Ihn habe ich wirklich geliebt. Häng den Glasvogel weiter oben hin. Das war der erste Dekor, den ich für unseren Weihnachtsbaum selbst gekauft habe. Erin-nerst du dich Hilde?" Wilma wühlte weiter im Karton, aber Hilde war bereits weg in die Küche, um die Vanille-Himbeertorte fertig zu machen.

„Hilde mischt sich immer in meine Sachen ein. Wenn ich das erzähle, hat sie immer ein Pünktchen oben draufzusetzen. Hör nicht auf sie", riet sie mir.

„Hast du nie an Heiraten gedacht?", fragte ich sie. Ich weiß nicht, ob ich Gustis Vorhaben erahnte, aber mir war danach, eine erfahrene Person dazu zu befragen.

Es folgten lange Erzählungen über ihr verzichtreiches Leben , seit Gustis Mutter starb. In den unzähligen Höhepunkten ihrer Ausführungen kam Hilde wieder ins Wohnzimmer, rollte mit den Augen und verschwand wieder in die Küche.

Ich könnte mich vor der nächsten Folge dramatischer Narrationen retten, indem ich vorgab, die Toilette aufsuchen zu müssen.

„Wie geht es mit der Torte?", fragte ich Hilde in der Küche.

„Bitte, verzeih meiner Schwester. Sie ist einfach so, wie du siehst. Sie ist wirklich kein böser Mensch, sie ist einfach ..." Hilde suchte nach einem passenden Begriff, während sie in den Ofen blickte.

„Wilma. Ich glaube, ich begreife sie jetzt besser."

„Dann bist du der Erste." Hilde lachte.

„Wie ist es für dich, mich als Partner von Gusti zu erleben?" Ich bereute die Frage sofort, aber Hilde ging besser damit um als irgendwer in meiner Familie.

„Wenn du gelernt hast, ihn zu lieben, wie wir ihn lieben, dann werde ich die glücklichste Frau der Welt sein." Sie holte den Tortenboden aus dem Ofen. Der Duft füllte die Küche, und ich fächerte ihn in meine Nase.

„Du kannst fantastisch backen", ließ ich sie wissen.

„Schauen wir mal, ob das so schmeckt, wie es riecht."

„Du hast auch nie geheiratet?", fragte ich.

Hilde schaute ins Leere und hob einen Finger zu ihrem rundlichen Kinn.

„Ich bin mit Wilma verheiratet. Auf sie aufzupassen, ist Aufregung genug im Leben. Aber sie ist wirklich sehr nett. Gib ihr eine Chance." Ich ging wieder ins Wohnzimmer und setzte mich neben Gusti auf den Zweisitzer neben dem Weihnachtsbaum.

„Wie gefällt es dir?" Gusti zeigte mir den Baum.

„Das ist das erste Mal, dass ich einen echten Baum dekoriert sehe."

Der Baum war wunderschön. Vögel, Spielzeug, Ballerinen und andere Figuren zierten die Äste.

Nach dem Essen sagte Hilde: „Ich hole die Torte."

Ich freute mich auf den Nachtisch. Wilma sang bereits ihr fünftes Lied und wackelte zart auf ihren Pumps.

Als ich Gustis Antrag bekam, tat sich mir ein neuer Weg in meinem Leben auf. Eine kleine Familie, frei von vielen Vorurteilen, wenn auch nicht von allen.

Mir wurde klar, dass Wilmas Widerstand gegen mich mehr ihre Verärgerung darüber ausdrückte, ihren Neffen zu verlieren, als dies überhaupt meine Person betraf. Die vielen Geschichten, die sie an dem Abend erzählte, zeigten eine zerbrechliche Person, die ein buntes Leben geführt hatte. Aber vor allem suchte sie ein erfülltes Herz.

Ihre Träume von kämpferischem Mutterersatz, ihre Abenteuer mit gebrochenen Herzen, die sie hinter sich ließ, und das Publikum, das ihren Namen rief, waren ihre Art Aufmerksamkeit zu bekommen.

Diese Familie bot mir mehr als meinem Gusti, sie boten mir ein tägliches Abenteuer mit Wilma.

Als ich die Lage besser verstand, fasste ich den Entschluss, mein Jawort ernster zu nehmen.

„Wilma", rief ich nach ihr.

„Du musst sie anschreien, sonst hört sie nie auf zu reden", provozierte Gusti sie.

„Hör nicht auf diese Banausen. Gusti, lass den ... Louis reden. Komm her, Schätzchen. Ich fühle mich immer noch furchtbar wegen meinem Benehmen. Du weißt, damals."

„Das ist vergangen. Aber jetzt frage ich dich etwas." Sie sah mich mit großen Augen ängstlich an, dass ich doch nicht verzeihen würde.

„Hast du in deinem Herzen noch Platz für einen weiteren Neffen?"

Echte Tränen rollten ihre Wangen hinab, und sie küsste meine Hände.

„Das ist ein unerwartetes Geschenk. Aber ab jetzt nennst du mich Tante Wilma."

Es folgten weitere Geschichten über sämtliche Schulfreunde von Gusti, die sie nicht mochte, und wie sie jeden Tag zum Himmel betete, dass Gusti den richtigen Mann treffen würde, und klar, weitere Runden von unserem Toddy.

Eine Frage des Geschmacks

Ein Hoch auf die Familie

Wenn die Sonne scheint, lässt sich jede Landschaft als zauberhaft beschreiben, aber graue Tage sind nun mal da, und ein solcher war Weihnachten für die Familie Andreotti. Das zwei-stöckige Haus in einer ländlichen Stadt Südbayerns lag fast einsam an einer Erhebung in der Nähe eines weitläufigen Sees. Idyllische weiße Wände stützten hölzerne Emporen, die mit lila Erika und kleinen Fichtensetzlingen dekoriert waren. Die Hausdame, Paola, schaute von der oberen Etage zur Landstraße und winkte voller Freude einem herbeifahrenden Auto zu. Das zweitürige Oldtimer Coupé kündete vom gehobenen Geschmack der Fahrerin.

„Karin ist da!", rief sie vom Balkon ins Haus. Dabei schwappte sie etwas von ihrer ostfriesischen Mischung auf den Boden und über ihren fleckigen Schal. Ihre Haarpracht wur-de an manchen Stellen bereits von Silberstreifen durchzogen, und mit einem Haarband bannte sie die wilden Locken aus ihrem Sichtfeld. Ihre New-Age-Kleidung bestand aus einer farben-frohen Weihnachtsmischung in dunklem Grün und flammendem Rot. Der Angoraschal, den sie meistens vergebens über ihren Schultern zu halten versuchte, wurde in Grau und Blau ge-webt. Für ihre 1,70 sah sie weit größer aus, als sie faktisch war.

„Gisella?" Rief sie zur Terrasse unten. „Ich habe gesagt, dass Karin da ist", insistierte sie, da sie keine Antwort bekam.

Ihr Herz schlug etwas aufgeregter, als erneut nichts als Stille von ihrer älteren Schwes-ter kam. Ihr Tee schwappte wieder über den Tassenrand, und genervt schüttete sie den Rest über das Balkongeländer.

„Hey. Spinnst du?", protestierte Gisella von der unteren Terrasse. Giselas Aufma-chung zeigte, dass sie am arbeiten war. Jeanshosen und ein Pulli mit nordischen Mustern, der mit größter Wahrscheinlichkeit nur bei Putzarbeiten getragen wurde.

Doch Paola hörte das nicht, weil sie bereits die Treppe hinunterrannte, um ihre Schwester Karin zu begrüßen. Die Golden-Retriever-Hündin Gigi sah dem Schauspiel zu und verstand, dass wieder Spielzeit sei. So entschied sie, ein Spielzeug zu nehmen und Paola nach draußen zu folgen.

„Du bekommst noch einen Herzinfarkt mit deiner Art. Wir wissen alle, dass Karin kommt. Sie hat uns beiden sechs SMS gesendet", sagte die vernünftige

Gisella zu ihrer jünge-ren Schwester. „Gigi, komm hier zu mir und bring mir dein Was-auch-immer-das-ist her", be-fahl sie der Hündin. Gigi trottelte zufrieden und stellte ihr Spielzeug zur Schau, oder was davon zu erkennen war.

„Ich habe sie seit letztem Weihnachten nicht mehr gesehen. Es ist verständlich, dass ich mich freue. Die Sterne zeigen auch eine passende Konstellation für eine perfekte Zusam-menkunft. Ich will alle zum Weihnachtsfest zusammen haben", informierte Paola, was ihr selbsterstelltes Horoskop vorhersagte.

„Gewiss. Deine Horoskope könnten mir mal sagen, wie man das Haus so schmutzig halten kann. Papa wäre entsetzt. Ich habe die Küche bereits vor zwei Tagen geputzt, aber dein Wohnzimmer hat Wollknäuel unter dem Sofa, die größer als Gigi sind." Gisela hinkte wegen einer alten Beinverletzung und warf das Spielzeug in Richtung See. Die Hündin schaute, wie der Gegenstand hinunterpurzelte und dann zur Werferin zurück.

„Mein Gott, du bist ein faules Mädchen. Ich hole es selbst." Entschlossen stapfte sie den Abhang herab.

„Guter Hund. Lass die Alte arbeiten." Paola tätschelte Gigi und lachte in ihrem war-men Sopran.

Das erwartete Auto fuhr von der Straße in den Parkbereich, und der Kies unter den Rädern kribbelte mit dem Gewicht des Wagens. Paola und Gigi kamen näher, um den Gast zu begrüßen.

„Was macht Gisella?", fragte Karin, als sie die Tür aufmachte.

„Gigi hat sie zum Ballholen geschickt. Mach den Kofferraum auf." Paola lachte herz-haft über den eigenen Witz auf Kosten ihrer armen Schwester, die sich hinter einem Spielzeug herplagte.

„Du bist unmöglich. Ist Mama auch da?", fragte Karin beim Aussteigen. Sie trug ein Flanellkleid, das fast zu altmodisch für sie war.

„Nein. Sie will im Altersheim bleiben. Ich habe ihr gesagt, dass wir morgen zu dritt zu ihr fahren. Es ist nur zwanzig Kilometer von hier. Aber sie hat mich jeden Tag vertröstet und mich heute früh mit der Entscheidung überrascht, dass sie nicht kommen will. Sie ist eventuell wieder depressiv. Du weißt, dass sie seit Vaters Tod Feiertage meidet. Ich verstehe sie, aber das

Leben muss weitergehen, nicht wahr?" Paolas rhetorische Frage bedurfte keiner Antwort.

Karin nickte zustimmend, aber etwas an ihrem Blick verriet, dass sie mit ihren Gedan-ke woanders war und ihre Schwester kaum richtig gehört hatte.

Gisella hechelte den Hang hinauf und winkte der Ankommenden zu. Mit letzter Kraft warf sie das Spielzeug zu Gigi, die geschickt zur Seite sprang.

„Ich bringe deinen Koffer zum Gästezimmer links oben, ja?" Paola wartete nicht auf eine Antwort und war bereits weg, bevor ihre Schwester begriff, dass auch hier keine Reakti-on erwartet wurde.

„Diese Frau hat Energie für uns beide und noch mehr. Wie lange hältst du das hier be-reits aus?", lächelte Karin ihre müde ältere Schwester an.

„Ich bin hier seit zehn Tagen. Ich bleibe bis Heilige Drei Könige. Ich genieße den Ur-laub." Gisella streckte ihren schmerzenden Rücken.

„Lüg doch nicht. Du machst Frühlingsputz bei unserer kleinen Schwester und kochst den ganzen Tag. Ich kenne dich doch." Sie umarmten sich und Karin genoss das Wiederse-hen.

„Ich habe bereits zwei Gemüsetorten vorbereitet. Alles, was alte Frauen dick macht."

„Kein Fleisch?", fragte Karin.

„Du willst nicht erleben, wie Paola mit der Seele der gebratenen Puten spricht, oder?" Sie lachten und umarmten sich.

„Bitte erinnere mich nicht daran. Ich lache mich jedes Mal kaputt, wenn ich an diese Party denke. Ich habe die letzte Flasche Single Malt von Papas Reserve mitgebracht." Karins kurzes Haar sah fast maskulin aus, aber dadurch konnte sie gut modische Hütte tragen.

„Zur Küche damit, ja?" Gisella holte noch einen Karton aus dem Kofferraum und in-spizierte den Inhalt.

„Ja. Ich nehme die zwei Taschen zu meinem Zimmer und komme gleich hinunter."

Das Wiedersehen der drei Schwestern war ein Moment, auf den sich alle freuten. Pao-la hatte bereits sämtliche Weihnachtslieder in einer Playlist organisiert, die sie in den Feiertag begleiten sollte, und diese Sammlung lief leise im Hintergrund.

Das Versprechen, in Kürze herunterzukommen, erfüllte Karin nicht, da Paola ihr eine Einweisung in verschiedene Vorsichtsmaßnahmen gab, die sie mithilfe der Geisterwelt vorge-nommen hatte, um das Haus an den Feiertagen zu schützen. Dabei rollte sie mehrfach mit den Augen, aber sie hielt aus Liebe zu ihrer jüngeren Schwester alles tapfer durch. Am Ende der Tour erreichten sie die Küche, wo Gisella die letzten Porzellanstücke wieder im Schrank ver-staute.

„Bis nächstes Weihnachten sollte diese Putzaktion halten", beurteilte sie ihre Arbeit und nickte zustimmend.

„Wenn du nichts gemacht und mehr auf der Veranda gesessen hättest, würdest du mehr von Ferienzeit haben. Du sollst nicht hier herumputzen. Du bist in Urlaub! Gigi braucht dich mehr als ich." Paola sprach das letzte Wort lauter, um zu unterstreichen, dass der Putz-fimmel ihrer Schwester auch mal nervig sein konnte.

„Papas Abwesenheit macht mich zu traurig." Gisella schloss den Küchenschrank und schaute hinunter, um vom Stuhl abzusteigen.

„Ich vermisse Onkel Mark ebenfalls. Mit ihm und Papa zusammen konnte man lange feiern", fügte Karin hinzu.

„Das Putzen lenkt mich von den Gedanken ab." Gisella stützte sich auf den Stuhlrü-cken, um herunter zu steigen, und der Stuhl wackelte wie ein wildes Ross.

Paola schrie erschrocken, und Karin eilte zur Hilfe. Als Gisellas Fuß den Boden er reichte, wurde dies von einem dumpfen Geräusch begleitet, was sich sehr schmerzhaft anhör-te.

„Jetzt befehle ich hier. Du sitzt mit Gigi auf der Veranda. Ich habe eine Decke aus Alpakawolle, die extra für alternde Frauen gemacht wurde. Raus hier. Ich bereite für uns ei-nen Malzbier-Whisky, wie Onkel Mark machte." Paola warf beide Schwestern entschlossen aus ihrer Küche, was von nostalgischen Gefühlen begleitet wurde, da sie dies als kleines Mädchen schon immer gerne tat. Die anderen Schwestern schmatzten auf dem Weg zur Ter-rasse vor Gaumenfreude.

Kurz danach kam Paola mit drei schweren Tontassen zur Veranda, die sie selbst in ih-rer Werkstatt getöpfert hatte. Der Muskat-Geruch wurde von einem Malz-Unterton begleitet, der die sitzenden Frauen nach Luft schnappen ließ.

„Himmlisch! Ist das zum Trinken, oder darf man darin baden?", fragte Karin.

„Paola badet nicht. Das ist bestimmt zum Trinken", lachte Gisella.

Der Nachmittag neigte sich früh dem Abend entgegen, und eine frische Brise wehte einige trockene Äste auf die Veranda. Sie probierten den Trank und pfiffen und juchzten vor Freude.

„Wo hast du denn das her? Das schmeckt fantastisch. Onkel Mark machte das nicht so gut wie du. Wieso hast du das nicht an den Tagen zuvor serviert? Ich ackere hier wie blöd und bekam sowas Feines bisher nicht", meckerte Gisella. „Nah klar, die liebe Karin ist da", neckte sie.

„Ging nicht. Ich hatte nur für dreimal Zutaten, darum habe ich dies für heute reser-viert. Das ist warmes Malzbier mit Single Malt, wie Onkel Mark machte, aber ich habe mit anderen Kräutern verfeinert", erklärte Paola.

„Ist das nicht das Getränke, das Papa mochte?", fragte Karin und wedelte mit der Hand den Duft zu ihrer Nase.

„Nicht ganz. Papa gab noch ein Eigelb dazu, aber ich meide, die armen Tiere auszu-beuten. Mein Rezept ist ohne Eigelb, wie Onkel Mark es mochte. Er war auch Vegetarier."

„Danke. Rohes Ei kann ich nicht leiden. Wir könnten morgen früh in die Stadt fahren. Die kleine Bäckerei hat bis um zwölf auf, und sie verkaufen alles. Dort finden wir bestimmt auch Malzbier. Vater starb sechs Monate nach seinem besten Freund, vielleicht aus Trauer. Sie mochten sich sehr. Fahren wir nach dem Einkauf zum Friedhof und stellen bei beiden eine Kerze auf", organisierte Karin den Tag bereits in Gedanken.

„Ich gehe nächstes Jahr in Frührente", informierte Gisella und schlürfte an ihrem Ge-tränk. „Teufelszeug. Ich werde einen Hintern wie ein Nilpferd bekommen", kündigte sie an, während sie von ihrem Malzdrink trank.

„Du scherzt!", sagte Paola und holte Gigi an ihre Seite auf dem Verandasofa.

„Nein, es ist weit über die Zeit, und ich frage mich sowieso, warum ich so lange aus-gehalten habe. Hätte ich meine Abfindung vor drei Jahren akzeptiert, wären wir Nachbarn." Gisella gab Paolas Knie einen Klaps.

„Ich habe so viele unbenutzte Zimmer hier. Und ich brauche Hilfe im Haushalt, Gigi braucht jemanden zum Spielen,Arbeit gäbe es genug."

„Besucher sind wie Fische. Nach drei Tagen stinken sie." Karin schaute auf ihr halb leeres Glas und zeigte damit zu ihrer Schwester.

„Ihr seid alles, aber keine Fremden. Insbesondere da Gäste nicht so viel trinken. Komm Gigi, las uns Futter für die Tiere machen." Paola stand auf.

Als der letzte Sonnenstrahl sich unter dem lila Mantel der Nacht verbarg, verlegten sie ihre Versammlung ins Wohnzimmer.

„Mit deinen Kenntnissen kannst du von hier aus einen Webshop betreiben. Paola lebt gut damit." Karin warf sich auf das Sofa.

„Das ist eine Option. Ich will nicht im Altersheim verrecken wie Mama."

„Das war ihre Entscheidung und für uns alle besser so. Paola hätte sie gerne hier ge-habt, aber ohne Papa und Onkel Mark hat sich vieles verändert." Karin umarmte ein großes Kissen, und für einen Moment schien sie wie das Mädchen, das sie einmal war und in einem ähnlichen Wohnzimmer ihren Schwestern von einer neuen Liebe schwärmte.

„Der Drink, den Paola gemischt hat, haut das stärkste Pferd um." Gisella fasste sich an den Kopf und rotierte leicht, um ihren Worten Ausdruck zu geben.

„Langsam genießen und nicht runterkippen, das ist das Geheimnis. Ich vergesse nie, wie Papa die Augenbrauen hochzog, das Glas ehrfürchtig anschaute und mit seinen Sprüchen schwärmte. Er und Onkel Mark treiben es bestimmt bunt im Himmel." Karin war Vaters Lieb-ling, was aber ihren Schwestern nichts ausmachte.

Paola kam mit den erwarteten Getränken und gesellte sich zu den beiden, Gigi plat-zierte sich zwischen ihr und Gisella auf dem Sofa.

„Ich habe den Ofen angemacht. Wir essen in einer Stunde", informierte Paola.

„Wenn wir nicht zu betrunken sind, werden wir dann essen." Gisella zeigte auf ihr schon halb geleertes Glas.

„Langsam genießen. Ich habe noch die letzte Flasche Single Malt von Papa und Onkel Mark mitgebracht. Ich möchte um Mitternacht auf sie einen Toast aussprechen", Rief Karin mit erhobenem Finger.

„Ich habe noch Einiges für heute Abend vorbereitet, daher nicht zu früh umkippen. Ich habe etwas zu erzählen, aber erst nach der Bescherung. Ich bin seit einer Woche ganz wild darauf, euch dies mitzuteilen. Aber ich habe mich extra vorbereitet, es erst zur Bescherung zu erzählen. Nach dem Essen gibt es heißen Kakao mit Whisky", sagte Paola aufgeregt.

„Oh nein, ich pupse wie eine Kanone von Milch. Ich passe", informierte Gisella eine Nuance zu heftig. „Sie macht seit einer Woche ein Drama und mich wirklich neugierig, aber sie will das Geheimnis nicht lüften."

„Ich benutze laktosefreie Milch und vegane Marshmallows, und außerdem kannst du immer noch zum Rauchen rausgehen und schlechte Luft in die Welt bringen." Paola drückte ein Auge zu, um die unterschwellige Botschaft zu unterstreichen.

„Nein. Weiche von mir Satanas. Die Verführerin der Kalorienhölle. Morgen werde ich in keine Hose mehr passen." Gisella hob ihre müden schmerzenden Füße zum Tisch und ließ sich von Gigi küssen.

„Ich habe Papas Gene, daher werde ich nie dick. Ich habe auch etwas Besonderes für jede von euch unter dem Baum vorbereitet", lockte Paola das Interesse ihrer Schwestern.

„Hör auf, du machst mich wahnsinnig", monierte Gisella.

„Dein Knöchel ist angeschwollen. Schau mal", forderte Paola.

„Das ist nichts. Ich habe bereits meine Füße ruhiggestellt. Morgen ist das wieder wie neu", meinte Gisella und verzog leicht das Gesicht wegen des verleugneten Schmerzes.

„Uups, ich muss nach dem Ofen gucken, sonst ist unsere Gemüsequiche verbrannt." Paola lief zur Küche, klar ersichtlich bezaubert von ihrer Getränkemischung, aber wie immer in festlicher Laune.

Alle drei begaben sich gemeinsam zum Tisch. Paolas Bemühungen mit dem Dekor wurden liebevoll gelobt.

„Erwähne die kleinen gelben Blümchen", bat Gisella, die ihren Platz am Tisch mit Schmerzen erreichte.

„Ich denke, wir sollten dich zum Krankenhaus bringen", sagte Karin besorgt.

„Unsinn. Ich will heute feiern. Das ist das erste Jahr ohne Papa und das zweite Jahr ohne Onkel Mark. Was soll ich im Krankenhaus? Hier im Dorf arbeitet keiner bis Heilige Dreikönige." Gisela genoss den letzten Schluck ihres Single Malt mit warmem Bier und schnalzte mit der Zunge.

„Paola", rief Karin. „Ich glaube, es fährt jemand in die Garage", kündigte sie an.

Ihre Schwester war bereits draußen und empfing das beige Auto.

„Wie macht sie das? Sie war gerade hier und ist dort, noch bevor ich den Satz zu En-de brachte", bemerkte Karin.

„Sie ist die Jüngste, sie muss schneller sein als wir. Wann gehst du in Rente?", wollte Gisella wissen.

„Keine Ahnung. Derzeit bekomme ich kaum etwas für mein Steuerbüro, wenn ich es verkaufe. Es sind zu viele Steuerberater in der Stadt, und der edle Ruf meiner Kanzlei ist nichts mehr wert. Papas Nachlass ist auch nur ein Haufen Schulden." Ihr Gesicht verfinsterte sich unter der bisher unbekannten Tatsache.

„Das darfst du Paola nicht erzählen. Ich habe dir etwas Geld geschickt für die Hypo-thek auf dieses Haus, und unsere Schwester hat angenommen, sie hätte alles bezahlt." Gisella rückte sich im Stuhl zurecht.

„Mama wollte nicht kommen, nicht nur weil sie Vater vermisst, darauf gibt sie be-stimmt kaum etwas, sondern weil sie Gespräche über die Situation seines Erbes meidet. Ich habe mit ihr telefoniert und die Lage erklärt, in die sie uns geführt hat. Wir müssen entweder alles der Bank verkaufen, oder es gibt kein Altersheim für Mutter, und eine von uns muss sie zu Hause pflegen. Ich versuche, einen Vertrag mit der Kreditanstalt zu verhandeln, aber das Mistvieh, das dort die Verhandlungen übernommen hat, ist hinterlistig und gefährlich. Ich kenne sie aus früheren Jahren." Karin kratzte sich am Kopf und schien sich tief in Gedanken einzugraben, wie es ihre Art war.

„Ich kann das Paola nicht antun. Wir müssen mit Mutter reden. Es war ihre Besessen-heit mit Geschäftemacherei, die uns alle in diese Lage brachte. Sie war eine miese Maklerin", schnaubte Gisella.

„Die allermieseste. Aber keiner konnte Papa besser um den Finger wickeln als sie. Ein Glück, dass

Onkel Mark auf seine Interessen aufgepasst hat, sonst wären wir alle drei in gro-ßen Schwierigkeiten. Papa hat diesen Fehler nicht von sich aus gemacht. Und ich vermute, bitte achte darauf, dass ich nicht sicher bin, aber diese kriminellen Verträge mit der Bank wurden mit Ernst Brandner abgeschlossen, und er und Mama ... du weißt was ich meine, oder?" Sie machte eine Pause und schaute um sich.

„Nein. Oh, nein. Ich habe davon gehört, dass Mutti und er zu sehr befreundet waren, aber dass er sie zu so einer Vereinbarung verleiten würde, hätte ich mir nicht vorstellen kön-nen. Bist du sicher?" Karin nickte und schnappte Gisellas Hand.

Die Tür des Taxis schloss laut, und der genervte Fahrer lief auf dem Kies, als würde er gerne jemand unter seinen Füßen zerquetschen wollen.

„Ich glaube es nicht. Schau wer da ist." Sie zeigte zum Auto auf dem Parkplatz.

„Mutter", sagte Gisella empört. „Ich werde mit ihr ein Hühnchen rupfen. Ich werde sie nur nicht in den Hintern treten, weil mein Fuß schmerzt." Sie hievte sich vom Stuhl.

„Das übernehme ich. Komm, lass uns sie erst empfangen, danach überlegen wir, wie wir das nach Weihnachten lösen. Aber wir müssen Paola darüber informieren."

„Sie ist zu empfindlich, und wenn sie wieder depressiv wird, haben wir dann Mutter im Altersheim und sie in einem Sanatorium. Sie war schon mal dort in Behandlung. Wir müs-sen taktvoll vorgehen, aber lieber nach den Feiertagen. Wieso kommt Mutti her? Sie hat mir versprochen, sie würde uns in Ruhe feiern lassen. In den letzten Tagen, seit ich herkam, war sie nicht da. Mein Fuß schmerzt." Gisella duckte sich vor Schmerzen.

Karin ließ ihre Schwester auf der dunklen Veranda sitzen und lief in Richtung ihrer Mutter, die bereits aus dem Taxi ausgestiegen war. Der angenehme Rausch ihres Malzge-tränks verflog unter dem Schock der Überraschung. Ihre Mutter war in schweres Lila geklei-det, der festlich dekorierte Zopf war auf dem Kopf zu einem Kranz gesteckt. Sie hatte Stil, und trotz aller geschäftlichen Misserfolge behielt sie ihre Grandezza, die keiner je übersehen konnte.

„Mama ist doch gekommen", kündigte Paola vergnüglich an. Der genervte Taxifahrer legte eine große

Tasche neben sie auf den Boden und fuhr weg, ohne sich zu verabschieden. Paola winkte freundlich. Es war ihr bewusst, dass ihre Mutter den Fahrer angestrengt hatte.

„Mutti, was für eine Überraschung. Hast dir wieder Freunde gemacht, wie ich sehe", wisperte Karin.

„Sei nicht grausam zu deiner Mutter. Er roch nach billigem Schnaps, und das habe ich eventuell während der Fahrt einige Male angedeutet." Sie küssten sich, und Karin wusste, dass unter ‚eventuell' alle zwei Minuten zu verstehen war. Der arme Fahrer tat ihr leid.

„Ich gehe vor und bringe Mutters Tasche unten ins Gästezimmer." Kaum hatte Paola dies ausgesprochen, war sie auch schon weg.

„Was machst du hier? Ich dachte, dass wir ausgemacht hätten, dass du uns allein mit Paola lässt, damit wir nach den Feiertagen die Sache mit der Hypothek klären." Gisella be-merkte den Zorn in Karins Stimme, und stand auf.

„Mutter, was für eine Überraschung", sagte sie merklich nicht in bester Stimmung.

„Das hat deine Schwester schon gesagt. Ich bin immer noch eure Mutter, und wenn es um die Feiertage geht, ist es selbstverständ ..."

„Halt die Klappe. Ein Weihnachten, wo eventuell deine Tochter aus dem Haus raus-geworfen wird und wir drei wegen dir in Schulden stecken. Ob ich dir das je verzeihen kann, werden wir sehen." Gisella unterbrach barsch den Redeschwall ihrer Mutter in einer bisher unbekannten Art. Eine ungewollte Träne rollte ihrer Mutter die Wange hinab.

„Es ist immer leicht, auf jemanden zu treten, der am Boden liegt." Sie ging voran und ließ die beiden Sprösslinge hinter sich.

„Tilly wird immer denken, dass sie die Beste ist, und ihre Töchter sind nur Nebendar-stellerinnen auf einer großen Bühne, wo sie defiliert." Karins Verbitterung schloss ihre Faust fester, dass es fast schmerzte.

„Sie will hier übernachten. Was für ein Miststück. Lass, wir feiern und freuen uns auf den Abend. Es ist Weihnachten, ein Fest, an dem wir verzeihen und vergessen. Mit den Ban-ken müssen wir reden, wenn diese wieder auf sind." Gisella wollte eine eventuelle Katastro-phe vermeiden und versuchte, moderat zu sein.

„Du hättest anrufen können, Mutter", monierte Paola, als sie mit dem Hauptgericht ins Esszimmer kam.

„Du hast genug für uns alle und noch mindestens drei Personen gekocht. Ich kann diese Handys nicht bedienen. Wenn du doch selbst das Taxi zu mir geschickt hast, dann war es klar, dass ich mitfahren würde." Auf diese neue Information reagierten Paolas Schwestern mit gehobenen Augenbrauen.

„Es war mir sehr wichtig, dass wir gemeinsam feiern. Mit Vaters Tod nach Onkel Mark hat sich vieles verändert, und ich will nicht, dass wir auseinanderfallen und vergessen, dass wir eine Familie sind." Paolas Worte wirkten auf alle Anwesenden, die ihre Feindselig-keiten verbargen.

„Muss der Hund am Tisch sitzen? Das ist sehr ungewöhnlich, muss ich sagen", mo-nierte Tilly.

„Nur weil Gigi in diesem Leben als Hund zur Welt gekommen ist, bedeutet dies nicht, dass sie weniger Respekt verdient. Wenn du nicht das nächste Taxi nehmen willst, sei freund-lich", flüsterte Gisella ihrer Mutter zu. Paola ignorierte Tillys Aussage. Sie verdrängte Eskala-tionen und Probleme, um diese für sich besser zu lösen.

„Dann schlage ich vor, dass wir mit den Vorspeisen anfangen, bevor das Hauptgericht so kalt wird, dass keiner es mehr essen kann." Karin stand auf und servierte die Teller. Sie schaute mahnend zu ihrer Mutter, und Tilly senkte schuldbewusst den Kopf.

„Hier Gigi. Du bist das beste Mädchen im Raum. Ich habe für sie ein eigenes Törtchen mit weniger Fett gemacht. Sie hat Probleme mit ihren Nieren." Paola küsste Gigi, die sich glücklich bedankte.

Draußen blies ein Blizzard, der sich durch die Fugen des Hauses drängte, was alle ihre Schals zusammenziehen ließ. Dunkelheit machte die Berge unsichtbar, der Zauber der weißen Weihnacht ließ sich durch die Kälte erahnen. Eingerahmte Fotos an der Wand erinnerten an den früheren Bewohner des Hauses und einige Stammgäste der Urlaubssaisonen vergangener Jahre.

„Ich glaube, heute Nacht wird es schneien", bemerkte Gisella.

„Ab drei Uhr nach dem Wetterbericht." Tilly versuchte zu ignorieren, dass ihre Töch-ter sie mit Argwohn behandelten.

„Wir haben in diesem Haus bereits so viele Jahre gewohnt, dass es für mich unvor-stellbar ist, wie man woanders leben kann." Paola suchte nach einem Gesprächsthema.

„Es ist auf jeden Fall nicht angenehm. In der Stadt stinkt es, und Smog und Lärm werden irgendwann unerträglich, aber das verdammte Geld zwingt einige von uns dahin. Sei froh, dass du es geschafft hast, deinen Lebensunterhalt hier zu verdienen." Karin sammelte die benutzten Teller ein und trug sie zur Küche.

„Ich wohne neben einem Park, aber das ist auch nicht besser. In diesen Mehrfamilien-häusern sind so viele rücksichtslose Menschen, dass man sich nur ärgert. Wie lange bleibst du hier, Mutter?", fragte Gisella unbedacht.

„Besprechen wir das nach dem Nachtisch." Tilly nickte ihr zu.

Karin trug auf einem Tablett vier schottische Trifles herein.

„Das sieht fabelhaft aus. So wie ich sie früher für deinen Vater machte", sagte Tilly so mütterlich, wie sie vermochte.

„Soweit ich mich erinnern kann, warst du nie in der Küche", bemerkte Gisella. Ihr Fuß war dick geschwollen, was sie mit einem Kühlbeutel behandelte. Sie bediente sich am Single Malt und gab etwas Wasser hinzu.

„Unsinn. Auch eine Geschäftsfrau kann kochen. Ich war mehrmals in der Küche. Wo-her habt ihr das Rezept?" Tillys Stimme zitterte leicht aus Angst, ihre Tochter würde die Be-herrschung verlieren und eine Szene machen.

„Onkel Mark brachte uns das bei, Mutter. Du hast, wenn überhaupt, Drinks gemixt." Paola verteilte die zierlichen Schalen und legte kleine Silberlöffelchen an jeden Platz.

Die Trifles wurden so schnell verspeist, wie sie gekommen waren, und der Duft von Single Malt, Kardamom und Muskat ließ den Raum festlicher wirken.

Paola räumte den Tisch ab, derweil Karin Gisella zum Wohnzimmer half, und Tilly versuchte sich nützlich zu zeigen, indem sie Kissen auf dem Sofa aufklopfte.

„Noch zehn Minuten bis Mitternacht, dann können wir unsere Geschenke aufma-chen", freute sich Paola.

„Was hast du auf dem Herd gelassen? Das riecht bereits sehr karamellisiert." Gisella wollte das Wort ‚verbrannt' nicht benutzen.

„Warte, ich hole uns die Smoky-Hot-Apples", kündigte Paola das Weihnachtsgetränk an, das sie vorbereitet hatte.

„Ich hole die letzte Flasche aus Vaters und Onkels Sammlung. Die trinken wir heute aus." Karin versuchte, ihre Verärgerung über ihre Mutter zu unterdrücken.

Der Weihnachtsbaum stand schief in einem in Papier gewickelten Blumentopf, und das Dekor war spontan verteilt, sodass man klar die Autorin des Werks erkennen konnte. Pao-la nutzte ihren Freigeist in allem, was sie mit Liebe machte.

Als alle zusammen im Wohnzimmer saßen, wurde es still, und Punkt um Mitternacht las Karin die Namen auf den Kärtchen auf den verschiedenen Paketen unter dem Baum vor.

„Das wollte ich dir morgen geben, aber da du schon hier bist, kannst du es jetzt auf-machen." Karin übergab ihrer Mutter ein Kuvert. Gisella und Paola machten sich über die anderen Pakete her.

„Es war klar, dass du mir sowas geben würdest." Tilly hob eine ihrer nachgezeichneten Augenbrauen als Zeichen der Herabwürdigung zu ihrem Geschenk.

„Sei froh, dass ich dir das geschenkt habe, denn wegen deinem Stecher sitzen wir mit diesem Vertrag in der Patsche. Ich habe bezahlt, was ich konnte. Du hättest uns zumindest warnen können." In einer Gefühlswallung schrie Karin ihre Mutter an.

„Um Himmels Willen, was ist denn los?", fragte Paola verunsichert.

„Tut mir leid, Paola, aber du musst irgendwann davon erfahren. Tillys Ex-Liebhaber hat sie in ein Darlehen verwickelt, das uns den Hof kosten könnte. Die Zinsen sind enorm, und wegen Vaters Tod kam jetzt alles raus. Ich wollte dir das nach den Feiertagen erzählen, aber Tillys Gelassenheit geht mir auf die Nerven", brach es aus Karin heraus.

Paolas Augen wurden breiter und glänzten leicht. Gisella versuchte, sich zu beruhigen, und schaute ihre jüngere Schwester an, um sicherzustellen, dass sie nicht allzu sehr betroffen wurde.

„Aber der Hof ist auf meinen Namen übertragen. Das verstehe ich nicht. Doch ich kann das eventuell klären." Paola klang zu überrascht, und ihre weihnachtliche Freude   ver-schwand im Nichts.

„Ich habe auch Geld dafür ausgegeben. Jetzt ist es so, dass wir überlegen müssen, wie wir den Hof als Sicherheit für diesen Vertrag ablösen." Gisella versuchte, ihrer Schwester die Lage zu erläutern.

„Wärt ihr zuerst zu mir gekommen, um das zu besprechen, hätte ich bei der Bank be-stimmt etwas erreichen können. Man braucht etwas mehr Geschäftssinn, wenn man mit diesen Leuten redet." Tilly versuchte weiterhin, sich als Geschäftsfrau zu behaupten.

„Welcher Liebhaber?", wollte Paola wissen.

„Mama hat neben Vater einige Liebhaber gehabt. Dieser war bis vor zwei Jahren der Bankdirektor im Dorf. Sie brauchte Geld für einen Fehler, den sie gemacht hatte, und setzte den Hof, der ihr nicht gehört, als Sicherheit für ein Darlehen ein. Vater setzte dich in Abspra-che mit uns als Erbin für den Hof ein, aber die

Bank kann den Hof nur freigegeben, wenn wir den Vertrag ablösen." Karins Professionalität zeigte, dass sie sich bestens auskannte.

„Oh bitte, nur weil ich ein freieres Leben führe. Ihr seid zugeknöpfter als meine Eltern waren." Tilly stand auf und holte sich ein Glas für ihren Whisky.

„Würdet ihr euch alle bitte hinsetzen. Ich habe für jede von uns eine freudige Nach-richt", rief Paola.

Es wurde still im Raum. Tilly wäre lieber hinausmarschiert, aber sie verstand, dass sie sich setzen sollte.

„Ich bin nicht aus der Welt und weiß auch schon länger von diesen Verträgen. Es ist nicht der passende Moment für dieses Gespräch, aber ich werde den Hof ablösen." Paola war ernst, und ihre etwas chaotische Stimmung schien gezähmt zu sein.

Die weitere Diskussion verlief dahingehend, dass der Hof zum Naturschutzgebiet er-klärt werden sollte. Onkel Mark hatte ebenfalls im Sinne ihres Vaters ein lebenslanges Wohn-recht für die drei Töchter eingerichtet. Dadurch wurden die abgelegten Sicherheiten für die Bank uninteressant und wertlos.

Alles war innerhalb einer halben Stunde geklärt, bis Gisella wegen ihrem Fuß laut jammerte.

„Ich rufe den Krankenwagen. Ich bringe sie zum Nachbardorf. Dort gibt ein Kurkran-kenhaus. Bleib mit Mama und Gigi hier", veranlasste Paola.

Es dauerte fast zwanzig Minuten, bis der Notarztwagen kam, und schnell fuhren sie mit Paola und der leidenden Gisella weg.

Tilly saß mit ihrer Tochter im Wohnzimmer, und Gigi schaute beide erwartungsvoll an.

„Warum hast du das nicht privat mit mir besprochen? Ich hätte dir gesagt, dass Paola damit umzugehen weiß. Sie ist nicht so hilfsbedürftig. Mark hat deinen Vater besser be-schützt als ich, und ich wusste, dass er irgendetwas arrangiert hatte." Tilly versuchte, ihre Tränen zu zähmen.

„Hier, Mama. Nimm mit mir ein Glas in Erinnerung an Vater und Onkel Mark. Diese Flasche hatte ich ihm vor zehn Jahren geschenkt, und er hat sie nie getrunken. Ich bin froh, dass wir vieles geklärt haben, und ich hoffe, dass du dich bei Paola bedankst. Geheimnisse sind keine gute Basis für eine Familie, aber ob ich dir wegen deinen Affären je verzeihen werde, kann ich nicht versprechen." Sie goss sich und ihrer Mutter einen Drink ein.

„Dein Vater und ich führten eine moderne Ehe. Er lebte mehr mit Mark als mit mir. Wir waren eher Freunde als ein Ehepaar. Wir kommen aus den Siebzigern. Er kannte alle mei-ne Affären. Wir haben so gut wie möglich unsere Geheimnisse für uns behalten. Ich war so jung, als ich mit deiner Schwester schwanger wurde. Auch dein Vater, er hat sich nie Gedan-ken um eine Familie gemacht. Wir wurden von den Umständen überrascht. Glaub mir, du willst nicht alle Geheimnisse deines Vaters und Marks wissen." Tillys Stimme war etwas verklemmt und leise, dass Karin Probleme hatte, sie zu verstehen.

„Mutti, es ist Weihnachten. Ich hoffe, ich werde es dir irgendwann verzeihen, und ich hoffe, Onkel und Vater tun das im Jenseits auch."

„Mark war kein richtiger Onkel. Er war nur der ... Freund deines Vaters. Ich bin eure Familie."

„Bist du? Bitte beantworte das nicht. Ich bin froh, dass Paola alles so hingebogen hat, und ich hoffe, du bedankst dich auch."

„Ich will hier bei ihr wohnen. Ich kann mir das Altersheim nicht mehr leisten."

„Es ist spät, Mutter. Geh ins Bett. Es wird lange dauern, bis die beiden vom Kranken-haus zurückkommen. Beruhige dich", verabschiedete sie ihre Mutter.

Tilly ging zu ihrem Zimmer, und schaute sich auf dem Weg die verschiedenen Fotos ihres verstorbenen Ehemanns, Marks und ihrer Töchter an der Wand an. Auf einem Foto war er mit seinem besten Freund im Urlaub. Sie hätte gerne mehr über ihre Geheimnisse preisge-geben, aber sie stellte fest, dass sie im Leben ihrer Kinder eine Fremde war. Mark hatte sie verdrängt, und sie war froh, dass er dies tat.

Allein mit Gigi im Wohnzimmer servierte Karin sich das letzte Glas aus der Flasche Single Malt, den sie Onkel Mark schenkte.

„Prost Papa, Prost Onkel Mark", sagte sie, bevor sie einschlief.

Die leergetrunkene Flasche blieb voller Erinnerungen auf dem Tisch.

Weitere Veröffentlichungen des Autors

Deutsche Romane

Altreia, Drama, 1998

Geheimnis der verdorrten Rosen, 2009 Reimo Verlag*

Virtuelle Liebe, Kurzroman, Thriller, 2016 *

Paloma, Kurzroman, Thriller, 2016 *

Die Muse, Kurzroman, Erzählung, 2016 *

Post-mortem Kino, Roman, Drama, 2016 *

Die Heilerin – das Licht, Roman, Thriller, 2017 *

Geheimnis der verdorrten Rosen, 2017 (neue Version)*

Der Zauberspiegel des Eros, Roman, Thriller, 2017 *

Das Tal, Roman, Thriller, 2017 *

Jahreszeiten der Sünde, Roman, Thriller, 2018 *

Sein letztes Opfer, Roman, 2020 *

Wieland, der Schmied, Volksheldensage, 2020 *

Hildegundes Sage, Volksheldensage, 2020 *

Die Heilerin – das Dunkel, Roman, Thriller, 2021 *

König Rother, Volksheldensage, 2021 *

Englische Romane

Virtual Affairs, 2018 *
Paloma, 2019 *
Earl Rasnov's Bloody Soiree, 2019 *

Deutsche Hörspiele und Comics

Madame Marouschkas letzter Auftritt, 2021
Weihnachten Premium-Pack, 2020
Roberta, 2020
Die Muse, 2019
Paloma, 2018
Virtuelle Liebe, 2017

Kunstkataloge

Geliebter Vater, 1995 *

The new Artist, 1996 und 1997

Liebe in Stücken, 2009 *

Kunstkatalog, 2010

Liebe in Stücken, Edition II, 2016 *

Kunstkatalog, 2017 *

Kunstkatalog, 2018 *

Kunstkatalog, 2019 *

Kunstkatalog, 2020, *the man inside**

Kunstkatalog, 2021 *

(*) Gelistet in der Deutschen Nationalbibliothek